U0153357

Peribahasa Mandarin yang Menarik

華語
趣味成語

印尼語版

Pengarang 編著：楊琇惠 Yang Xiu Hui
Penerjermah 翻譯：Caroline 李良珊 Li Liang Shan

五南圖書出版公司 印行

序

　　在耕耘華語教材十二年之後的今天，終於有機會跨出英文版本，開始出版越語、泰語及印尼語三種新版本，以服務不同語系的學習者。此刻的心情，真是雀躍而歡欣，感覺努力終於有了些成果。

　　這次之所以能同時出版三個東南亞語系的版本，除了要感謝夏淑賢主任（泰語）、李良珊老師（印尼語）及陳瑞祥雲老師（越南語）的翻譯外，最主要的，還是要感謝五南圖書出版社！五南帶著社企的精神，一心想要回饋社會，想要為臺灣做點事，所以才能促成此次的出版。五南的楊榮川董事長因為心疼許多嫁到臺灣的新住民朋友，因為對臺灣語言、文化的不熟悉，導致適應困難，甚至自我封閉。有鑑於此，便思考當如何才能幫助來到寶島和我們一起生活，一起養兒育女的新住民，讓他們能早日融入這個地方，安心地在這裏生活，自在地與臺灣人溝通，甚至教導下一代關於中華文化的種種，思索再三，還是覺得必需從語言文化下手，是以不計成本地開闢了這個書系。

　　回想半年前，當五南的黃惠娟副總編跟筆者傳達這個消息時，內心實在是既興奮又激動，開心之餘，感覺有股暖流在心裏盪漾。是以當下，筆者便和副總編一同挑選了五本適合新住民的華語書籍，當中除了有基礎會話，中級會話的教學外，還有些著名的中國寓言，及實用有趣的成語專書，可以說從最基礎到高級都含括了。希望新住民朋友能夠透過這個書系，來增進華語聽、說、讀、寫的能力，讓自己能順利地與中華文化接軌。

　　這是個充滿愛與關懷的書系，希望新住民朋友能感受到五南的用心，以及臺灣人的熱情。在研習這套書後，衷心期盼新住民朋友能和我們一起愛上這個寶島，一同在這個島上築夢，並創造屬於自己的未來。

楊琇惠

民國一〇五年十一月十九日

於林口臺北新境

Kata Pengantar

Setelah 20 tahun mendalami materi pengajaran mandarin, saat ini akhirnya mendapatkan kesempatan melangkah untuk menerbitkan buku versi bahasa inggris, mulai menerbitkan tiga macam versi yang baru dalam bahasa Vietnam, bahasa Thailand dan bahasa Indonesia, untuk melayani keperluan pembelajar dalam bahasa lain. Suasana hati sekarang ini, sangat bersukacita, merasa akhirnya semua kerja keras telah membuahkan hasil.

Diwaktu yang bersamaan dapat menerbitkan tiga macam seri bahasa asia tenggara, selain harus berterima kasih untuk penerjemahan kepala bagian Xia Shu Xian (bahasa Thailand), guru Li Liang shan (bahasa Indonesia) dan juga guru Chen Rui Xiang Yun (bahasa Vietnam), utamanya, tetap harus berterima kasih kepada penerbitan buku Wunan! Wunan membawa semangat penantian baru, sejak dari dulu segenap hati ingin memberikan sesuatu kepada masyarakat, ingin melakukan sesuatu untuk Taiwan, maka dari itu baru dapat memenuhi penerbitan kali ini. Kepala direktur Wunan Yang Rong Chuan karena sedih melihat banyak yang menikah ke Taiwan menjadi penduduk baru, karena tidak mengenali bahasa dan budaya Taiwan, mengakibatkan kesulitan untuk beradaptasi, sampai-sampai mengurung diri sendiri. Dikarenakan itu, mulai berpikir bagaimana dapat membantu yang datang kepulau berharga kami hidup bebas bersama dan membesarkan anak cucu bersama, agar mereka dapat segera membaur dan hidup tenang ditempat ini, dengan bebas berkomunikasi dengan orang Taiwan, sampai mengajarkan generasi berikutnya bermacam adat istiadat Tiongkok, setelah melakukan pikiran yang dalam, masih merasa harus dimulai dari bahasa, dengan tidak menghitung biaya memulai buku seri ini.

Berpikir setengah tahun yang lalu, saat wakil ketua editor Huang

Hui Juan menyampaikan berita ini kepada penulis, dalam hati benar-benar gembira dan lebih dari senang, merasa seperti ada segetar perasaan hangat terbakar didalam hati. Dengan bergegas, penulis dan wakit ketua editor memilih lima buku mandarin yang cocok untuk penduduk baru, diantaranya selain ada percakapan dasar, materi percakapan menengah, masih ada beberapa cerita dongeng Tiongkok yang terkenal, menggunakan buku peribahasa yang menarik, dapat dikatakan dari paling dasar sampai lanjutan atas semua sudah termasuk. Berharap penduduk baru dapat melalui serian buku ini, dapat menambah kemampuan mendengar, bicara, membaca dan menulis mandarin, dapat dengan lancar berbaur dengan budaya Tiongkok.

Serian buku yang penuh dengan cinta dan perhatian ini, berharap teman penduduk baru dapat merasakan kerja keras Wunan, dan kepedulian orang Taiwan. Setelah memelajari set buku ini, dengan sepenuh hati berharap teman penduduk baru dapat dengan bersama kami mencintai pulau berharga ini, bersama dipulau ini mendirikan mimpi, menciptakan masa depan sendiri.

Yang Xiu Hui

105 Tahun Taiwan bulan 11 tanggal 15

Taipei baru, Linkou

編輯前言

想提升華語讀、寫能力，使其華語程度更上一層樓，就應該要多閱讀，單字量累積夠了，自然能下筆成章。

但要編撰哪一類文章，才能吸引閱讀呢？幾經琢磨後，一本充滿趣味、詼諧幽默的成語故事集——《華語趣味成語》於焉誕生。期使不但能從中學習到成語的意涵及其用法，還能藉由故事的鋪陳來學習文章的起承轉合；此外，於字裡行間的閱讀，也能自然習得正確的語法結構和恰當的用辭技巧，可謂一舉數得。

本書分為動物篇、數字篇、自然篇、文化篇四個單元，共收錄88則成語。每則均有解釋、例文（即故事）及生詞等三部分。期以簡潔文字、活潑的情境插圖，輔以漢語拼音、中文、英文等，提升華語程度。簡介如下：

1. 解釋：針對成語的意義做清楚的說明，並附有英文版解說文字。

2. 例文（即故事）：透過各種生活小故事，來更深入的了解成語的意義。

期使讓學生易學易記，還能讓學生舉一反三，前後對照，增進學習成效。

Kata pengantar editor

Ingin meningkatkan kemampuan pembacaan dan penulisan bahasa Mandarin anda? Mendapatkan peningkatan level Mandarin anda ke tingkat berikutnya? Marilah memperbanyak membaca, dengan bertambahnya jumlah kosakata, maka perlahan demi perlahan dengan sendirinya akan dapat mulai menuliskan sebuah karangan.

Akan tetapi, hendak menulis karangan jenis apa yang akan menarik untuk dibaca oleh pembaca? Setelah melewati pertimbangan yang panjang, kami mempersembahkan penerbitan "Peribahasa Mandarin yang Menarik" untuk anda. Sebuah buku cerita peribahasa Mandarin yang lengkap dan menarik, dimana menggunakan cara penulisan yang jenaka nan cerdik. Anda tidak hanya dapat mempelajari arti peribahasa dan penggunaannya, juga dapat melalui penguraian cerita yang kami karang bertransisi ke sudut pandang yang berbeda. Selain dari itu, dengan bacaan yang dibalut oleh barisan tulisan tersebut, anda pasti akan dapat dengan sendirinya mempelajari struktur tata bahasa yang benar dan teknik penggunaan kata yang tepat, dapat dikatakan dengan sekaligus mendapatkan keuntungan berganda.

Buku ini dibagi menjadi empat kategori besar : Hewan, Angka, Alam, Budaya. Dengan total 40 susunan peribahasa. Setiap peribahasa dilengkapi dengan penjelasan, contoh kalimat, cerita dan juga bagian kosakata. Diurai dengan kata-kata yang ringkas dan gambaran situasi yang jelas. Memperdalam bahasa Mandarin anda dengan disertai dengan pinyin, bahasa Mandarin dan bahasa Indonesia.

Pengenalan buku seperti yang disimpulkan dibawah ini:

1. Penjelasan : Berorientasikan terhadap penjelasan peribahasa yang

tepat, dilengkapi dengan penjelasan dalam bahasa Indonesia.

2. Contoh peribahasa dan cerita : Melalui beragam cerita kehidupan sehari-hari untuk mengambil kesimpulan sebuah arti dari peribahasa itu sendiri.

Dengan seperti ini, tidak hanya mudah dipelajari dan diingat, pelajar dapat megambil kesimpulan dari contoh yang lain, membandingkan berikutnya dengan yang sebelumnya, menambahkan hasil pembelajarnnya.

Daftar Isi

一 動 物 篇

二 數 字 篇

動物篇

① 【膽小[1] 如鼠[2]】[3]
dǎn xiǎo rú shǔ

Bagian dasar kalimat	Arti tambahan	Contoh
Kata sifat	-	他是個膽小如鼠的人

解釋[4]：jiěshì

形 容[5] 一個人 沒有 勇氣[6]，膽子 小 得 和 老鼠[7]一樣[8]。
xíngróng yígerén méiyǒu yǒngqì dǎnzi xiǎo de hàn lǎoshǔ yíyàng

Penjelasan/Definisi: Menggambarkan seseorang yang penakut, tidak mempunyai keberanian, nyalinya kecil seperti tikus.

例文[9]：lìwén

在 臺灣，農曆[10] 七月 十五日的 中元節[11] 是 個 很 重 要[12]
zài Táiwān nónglì qīyuè shíwǔrì de Zhōngyuánjié shì ge hěn zhòngyào

的 節日[13]。人們 相信[14] 另[15]一個 世界[16] 的 鬼魂[17]，在 這 段
de jiérì rénmen xiāngxìn lìngyíge shìjiè de guǐhún zài zhèduàn

時間 會 回到 人間[18]。為了[19] 得到 平安[20]，大家 都 會 準備[21]
shíjiān huì huídào rénjiān wèile dédào píngān dàjiā dōu huì zhǔnbèi

很 多 的 食物[22] 來 祭拜[23] 這些 鬼魂。所以，農曆 七月 也
hěn duō de shíwù lái jìbài zhèxiē guǐhún suǒyǐ nónglì qīyuè yě

叫 做 「鬼 月」。
jiàozuò　　guǐyuè

因爲 聽 了 太多 和 這個 節日 有關 的 傳說[24]，一些
yīnwèi tīng le tàiduō hàn zhèige jiérì yǒuguān de chuánshuō　yìxiē

膽 小 如 鼠 的 人 晚 上 就 不敢 出門，也 不敢 待[25]在 比較[26]
dǎnxiǎo rú shǔ de rén wǎnshàng jiù bùgǎn chūmén　yě bùgǎn dāizài bǐjiào

黑暗[27] 的 地方，害怕[28] 會 看見[29] 恐怖[30] 的 景 象[31]。其實[32]，
hēiàn de dìfāng　hàipà　huì kànjiàn　kǒngbù de jǐngxiàng　qíshí

很 多 時候，那 都 只是 自己 的 想 像[33] 而已[34]。
hěn duō shíhòu　nà dōu zhǐshì zìjǐ de xiǎngxiàng　éryǐ

譯 文：yìwén

　　Di Taiwan, hitungan kalender Tiongkok pada bulan tujuh tanggal lima belas Zhong Yuan Jie (Festival hantu) adalah hari raya yang penting. Dimana semua orang percaya bahwa arwah dari alam baka pada saat ini akan kembali ke bumi. Untuk mendapatkan keselamatan semua orang akan mempersiapkan banyak makanan untuk bersembayang kepada arwah-arwah ini. Maka, tanggalan china bulan tujuh juga disebut "Bulan Hantu"

　　Karena telah mendengar banyak legenda yang berhubungan dengan hari raya ini, beberapa orang yang penakut akan tidak berani keluar rumah pada malam hari, juga tidak berani berdiam diri di dalam tempat yang gelap, takut akan melihat sesuatu yang mengerikan. Sebenarnya, itu semua hanya imajinasi diri sendiri.

生詞 shēngcí Kosakata

1.	膽小	dǎnxiǎo	Penakut
2.	鼠	shǔ	Tikus
3.	膽小如鼠	dǎn xiǎo rú shǔ	Penakut seperti tikus
4.	解釋	jiěshì	Penjelasan
5.	形容	xíngróng	Gambaran, Penggambaran
6.	勇氣	yǒngqì	Keberanian
7.	老鼠	lǎoshǔ	Tikus
8.	一樣	yíyàng	Sama, Seperti
9.	例文	lìwén	Contoh cerita
10.	農曆	nónglì	Kalender Tiongkok
11.	中元節	Zhōngyuánjié	Bulan hantu, tanggal lima belas bulan tujuh pada Kalender Tiongkok. Festival peringatan arwah atau leluhur yang telah tiada.
12.	重要	zhòngyào	Penting
13.	節日	jiérì	Hari raya
14.	相信	xiāngxìn	Percaya
15.	另	lìng	Yang lain

16.	世界	shìjiè	Dunia, Bumi
17.	鬼魂	guǐhún	Hantu, Arwah
18.	人間	rénjiān	Alam manusia
19.	爲了	wèile	Untuk, Demi
20.	平安	píngān	Damai, Tenteram
21.	準備	zhǔnbèi	Bersiap-siap, Mempersiapkan
22.	食物	shíwù	Makanan
23.	祭拜	jìbài	Sembayang
24.	傳說	chuánshuō	Legenda, Tradisi, Dongeng
25.	待	dāi	Berdiam, Menunggu
26.	比較	bǐjiào	Dibandingkan, Membandingkan
27.	黑暗	hēiàn	Kegelapan, Gelap
28.	害怕	hàipà	Takut, Ketakutan
29.	看見	kànjiàn	Melihat
30.	恐怖	kǒngbù	Mengerikan, Menakutkan
31.	景象	jǐngxiàng	Suasana, Pengelihatan
32.	其實	qíshí	Sebenarnya
33.	想像	xiǎngxiàng	Imaginasi, Fantasi, Visualisasi
34.	而已	éryǐ	Hanya, Hanya saja

② 【對 牛[1] 彈[2] 琴[3]】 [4]
duì niú tán qín

Bagian dasar kalimat	Arti tambahan	Contoh
Kata benda	-	這樣真是對牛彈琴

解釋：jiěshì

比喻[5] 對 不能 明白[6] 道理[7] 的 人 說理[8]，就 像 對 不懂[9] 音樂[10]
bǐyù duì bùnéng míngbái dàolǐ de rén shuōlǐ jiùxiàng duì bùdǒng yīnyuè

的 牛 彈琴 一樣，白費[11] 力氣[12/13]。
de niú tánqín yíyàng bái fèi lìqì

Penjelasan/Definisi: Ibarat terhadap orang yang tidak dapat diberi pengertian sebagaimana layaknya pikiran sehat, seperti memainkan kecapi untuk sapi yang tidak mengerti musik, hanya membuang tenaga.

例文：lìwén

老王 最[14] 喜歡 和 朋友 一起 打牌[15]，常 常 玩到
Lǎowáng zuì xǐhuān hàn péngyǒu yìqǐ dǎpái chángcháng wándào

忘了 回家 吃飯。除了[16]
wàngle huíjiā chīfàn chúle

打牌他 沒有 別[17]的
dǎpái tā méiyǒu biéde

休閒[18] 活動[19]。有一天，
xiūxián huódòng yǒu yì tiān

老王 陪[20] 太太去聽
Lǎowáng péi tàitai qù tīng

一場 古典[21] 音樂會[22]，
yìchǎng gǔdiǎn yīnyuèhuì

節目[23] 開始[24] 不到[25] 三
jiémù kāishǐ búdào sān

分鐘，他就已經呼
fēnzhōng tā jiù yǐjīng hū

呼大睡。
hū dài shuì

後來[26]，「咚[27]！」
hòulái dōng

的 傳[28]來 一聲 鼓聲[29]，
de chuánlái yìshēng gǔshēng

老王 突然[30] 大喊[31]：「碰[32]！我 胡[33]了！」，他的 太太 覺得[34]
Lǎowáng túrán dàhǎn pèng wǒ húle tā de tàitai juéde

實在[35] 太 丟臉[36]，拉[37]著 老王 趕緊[38] 離開[39] 會場[40]。看來[41]，要
shízài tài diūliǎn lāzhe gǎnjǐn líkāi huìchǎng kànlái yào

老王 欣賞[42] 古典 音樂，簡直[43] 就是 對牛彈琴。
Lǎowáng xīnshǎng gǔdiǎn yīnyuè jiǎnzhí jiùshì duì niú tán qín

譯文：yìwén

　　Lao Wang paling menyukai bermain kartu bersama teman, seringkali bermain hingga lupa pulang ke rumah makan. Selain bermain kartu dia tidak ada hiburan santai lainnya. Suatu hari, Lao Wang menemani istri untuk menyaksikan sebuah konser musik klasik, semulainya acara tidak sampai tiga menit, dia sudah mulai tertidur.

　　Kemudian, terdengar suara genderang "Gong!", Lao Wang tiba-tiba berteriak: "Buka! Saya menang!", istrinya merasa sangatlah malu, menarik Lao Wang buru-buru meninggalkan aula. Sepertinya, ingin Lao Wang menikmati musik klasik benar-benar seperti memainkan kecapi untuk sapi.

生詞 shēngcí Kosakata

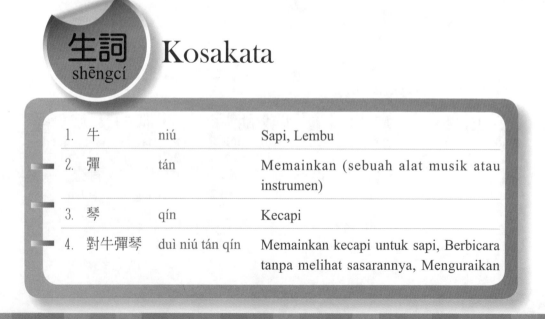

1.	牛	niú	Sapi, Lembu
2.	彈	tán	Memainkan (sebuah alat musik atau instrumen)
3.	琴	qín	Kecapi
4.	對牛彈琴	duì niú tán qín	Memainkan kecapi untuk sapi, Berbicara tanpa melihat sasarannya, Menguraikan

			ilmu kepada orang yang sama sekali tidak bisa mengerti.
5.	比喻	bǐyù	Ibarat, Metafora, Kiasan
6.	明白	míngbái	Mengerti, Tahu
7.	道理	dàolǐ	Alasan, Akal sehat, Logika
8.	說理	shuōlǐ	Beralasan, Mengemukakan logika
9.	懂	dǒng	Mengerti, Tahu
10.	音樂	yīnyuè	Musik
11.	白費	báifèi	Sia-sia, Terbuang
12.	力氣	lìqì	Tenaga
13.	白費力氣	bái fèi lìqì	Membuang tenaga dengan sia-sia
14.	最	zuì	Paling
15.	打牌	dǎpái	Main kartu (majong)
16.	除了	chúle	Selain
17.	別	bié	Yang lain
18.	休閒	xiūxián	Waktu luang
19.	活動	huódòng	Kegiatan
20.	陪	péi	Menemani
21.	古典	gǔdiǎn	Klasik
22.	音樂會	yīnyuèhuì	Konser
23.	節目	jiémù	Acara, Program, Pertunjukan

24.	開始	kāishǐ	Mulai
25.	不到	búdào	Tidak sampai
26.	後來	hòulái	Kemudian, Setelah itu, Lalu
27.	咚	dōng	Bunyi yang dibuat dari barang yang terjatuh
28.	傳	chuán	Tersebar, Terdengar
29.	鼓聲	gǔshēng	Bunyi gendang, Genderang, Suara drum
30.	突然	túrán	Tiba-tiba, Seketika
31.	大喊	dàhǎn	Berteriak
32.	碰	pèng	Menyentuh
33.	胡	hú	Menang (dalam mahyong)
34.	覺得	juéde	Merasa
35.	實在	shízài	Benar-benar
36.	丟臉	diūliǎn	Malu, Memalukan
37.	拉	lā	Menarik, Tarik
38.	趕緊	gǎnjǐn	Buru-buru, Lekas, Segera
39.	離開	líkāi	Meninggalkan, Pergi
40.	會場	huìchǎng	Aula, Ruangan
41.	看來	kànlái	Sepertinya, Kelihatanya
42.	欣賞	xīnshǎng	Menikmati, Mengagumi
43.	簡直	jiǎnzhí	Benar-benar, Sama sekali

③ 【騎¹ 虎² 難³ 下】 ⁴
qí   hǔ   nán   xià

Bagian dasar kalimat	Arti tambahan	Contoh
Kata sifat	+/-	讓我騎虎難下

解釋：jiěshì

比喻 做 某⁵件事，進行 了 一半 遇到 困難⁶，但 又 迫於 情勢⁷
bǐyù zuò mǒujiànshì jìnxíng le yíbàn yùdào kùnnán dàn yòu pòyú qíngshì

不能 停下來。這 情形⁸ 就 好 像 騎在 老虎 背⁹上 一樣，
bùnéng tíngxiàlái zhè qíngxíng jiù hǎoxiàng qízài lǎohǔ bèishàng yíyàng

騎在 上頭 很 危險¹⁰，但是 跳¹¹下來 也 可能 被 老虎
qízài shàngtóu hěn wéixiǎn dànshì tiàoxiàlái yě kěnéng bèi lǎohǔ

咬¹²死¹³，怎麼 做 都 有 風險¹⁴，造成¹⁵ 進 退 兩 難¹⁶ 的
yǎosǐ zěme zuò dōu yǒu fēngxiǎn zàochéng jìn tuì liǎng nán de

局面¹⁷。
júmiàn

Penjelasan/Definisi: Ibarat melakukan suatu hal, sudah setengah jalan
dan menemui kesulitan, tetapi terpaksa oleh karena keadaan tidak dapat
menghentikannya. Situasi ini sama seperti menunggangi harimau,
menunggangi di atasnya sangatlah berbahaya, tetapi melompat turun
juga mungkin akan diterkam mati oleh harimau, melakukan apapun
ada bahayanya, mengakibatkan situasi maju mundur pun salah. Bagai

memakan buah simalakama.

例文：lìwén

小玲　是個愛唱歌的女孩，她的家人和　朋友
XiǎoLíng　shì ge ài chànggē de nǔhá　tā de jiārén hàn　péngyǒu

也覺得她唱得很好，因此就幫她偷偷[18]報名[19]了歌唱[20]
yě juéde tā chàngde hěn hǎo　yīncǐ jiù bāng tā tōutou　bàomíngle gēchàng

比賽[21]。
bǐsài

很　幸運[22]的，她的　歌聲[23]得到　評審[24]的　肯定[25]，
hěn　xìngyùn de　tā de gēshēng dédào píngshěn de kěndìng

通過 初賽[26]，獲得了上 電視的殊榮[27]。爲了這個難得[28]
tōngguò chūsài　huòdé le shàng diànshì de shūróng　wèile zhèige nándé

的機會[29]，小玲　練習[30]了好久，不但[31]選[32]了最拿手[33]的
de jīhuì　XiǎoLíng liànxí le hǎojiǔ　búdàn xuǎn le zuì náshǒu de

歌曲[34]，還準備了最漂亮的服裝[35]，並[36]配上[37]最
gēqǔ　hái zhǔnbèi le zuì piàoliàng de fúzhuāng　bìng pèishàng zuì

動感[38]的舞蹈[39]。
dònggǎn de wǔdào

沒想到[40]就在比賽的前一天，　小玲　不　小心[41]
méixiǎngdào　jiùzài bǐsài de qiányìtiān　XiǎoLíng bù xiǎoxīn

扭傷[42]了右腳。這下子[43]，原本[44]排練[45]好的舞步[46]全都
niǔshāng le yòujiǎo zhèixiàzi　yuánběn páiliànhǎo de wǔbù quándōu

走樣[47]了。眼看[48]著 明天 就 要 比賽 了，眞是 騎 虎 難
zǒuyàng le yǎnkànzhe míngtiān jiù yào bǐsài le zhēnshì qí hǔ nán

下！最後，她 決定[49] 盡 己 所 能[50]，拿著 枴 杖[51] 賣力[52]
xià zuìhòu tā juédìng jìn jǐ suǒ néng názhe guǎizhàng màilì

演出[53]。結果[54] 沒 想 到， 小 玲 的 努力[55]，感動[56] 了 評 審
yǎnchū jiéguǒ méixiǎngdào XiǎoLíng de nǔlì gǎndòng le píngshěn

及 現場[57] 觀眾[58]，得到 第三名 的 好 成績[59]。
jí xiànchǎng guānzhòng dédào dìsānmíng de hǎo chéngjī

譯文：yìwén

　　Xiao Ling adalah seorang gadis yang sangat suka menyanyi, keluarga dan temannya juga merasa dia bernyanyi dengan sangat baik, karena itu dengan diam-diam mendaftarkan dia dalam perlombaan menyanyi.

　　Untungnya, suara nyanyiannya mendapatkan nilai positif dari para juri, melewati lomba penentuan awal dan mendapatkan perhargaan untuk tampil di depan layar televisi. Demi kesempatan yang langka ini, Xiao Ling berlatih dalam waktu yang panjang, tidak hanya memilih lagu yang paling dikuasainya, dan telah mempersiapkan baju yang sangat cantik, juga diselaraskan dengan tarian yang dinamis.

　　Tidak diduga satu hari sebelum perlombaan, kaki kanan Xiao Ling tidak sengaja terkilir. Saat ini, yang pada awal nya gerakan tarian yang sudah dilatih dengan sempurna semuanya menjadi berantakan. Besok akan segera berlomba, benar-benar bagai memakan buah simalakama!

Akhirnya, dia memutuskan sekuat tenaga memegang tongkat sebisa mungkin mementaskan pertunjukan. Hasilnya tidak disangka, jerih payah Xiao Ling menyentuh hati para juri dan penonton di arena mendapatkan juara ke-tiga.

生詞 shēngcí

Kosakata

1.	騎	qí	Menunggangi
2.	虎	hǔ	Harimau
3.	難	nán	Sulit, Susah
4.	騎虎難下	qí hǔ nán xià	Di posisi yang sulit untuk mundur, Bagai memakan buah simalakama
5.	某	mǒu	Sesuatu, Seseorang
6.	困難	kùnnán	Kesulitan
7.	迫於情勢	pòyú qíngshì	Terpaksa oleh keadaan
8.	情形	qíngxíng	Keadaan, Situasi, Kondisi
9.	背	bēi	Menggendong
10.	危險	wéixiǎn	Berbahaya, Bahaya
11.	跳	tiào	Lompat
12.	咬	yǎo	Menggigit

13.	死	sǐ	Mati
14.	風險	fēngxiǎn	Resiko, Bahaya
15.	造成	zàochéng	Mengakibatkan, Membuat
16.	進退兩難	jìn tuì liǎng nán	Maju mundur pun salah
17.	局面	júmiàn	Aspek, Situasi
18.	偷偷	tōutou	Diam-diam
19.	報名	bàomíng	Daftar, Mendaftar
20.	歌唱	gēchàng	Menyanyi
21.	比賽	bǐsài	Lomba, Kompetisi, Kontes
22.	幸運	xìngyùn	Beruntung
23.	歌聲	gēshēng	Suara nyanyian, Suara lagu
24.	評審	píngshěn	Juri (kontes atau kompetisi)
25.	肯定	kěndìng	Positif, Pasti
26.	初賽	chūsài	Pertandingan penentuan awal
27.	殊榮	shūróng	Penghargaan, Hadiah
28.	難得	nándé	Langka, Jarang didapat, Jarang diketemui
29.	機會	jīhuì	Kesempatan
30.	練習	liànxí	Latihan
31.	不但	búdàn	Tidak hanya
32.	選	xuǎn	Memilih

33.	拿手	náshǒu	Kuasai
34.	歌曲	gēqǔ	Lagu, Melodi
35.	服裝	fúzhuāng	Pakaian
36.	並	bìng	Dan, Juga, Dan juga, Diwaktu yang bersamaan
37.	配上	pèishàng	Diselaraskan, Dicocokan
38.	動感	dònggǎn	Dinamis, Dinamik
39.	舞蹈	wǔdào	Tarian
40.	沒想到	méixiǎngdào	Tidak terpikirkan, Tidak disangka
41.	小心	xiǎoxīn	Hati-hati
42.	扭傷	niǔshāng	Terkilir
43.	這下子	zhèxiàzi	Saat ini, Sehingga
44.	原本	yuánběn	Pada awal, Awalnya
45.	排練	páiliàn	Latihan
46.	舞步	wǔbù	Gerakan tarian, Langkah tarian
47.	走樣	zǒuyàng	Berantakan, Keluar dari bentuk yang diinginkan
48.	眼看	yǎnkàn	Segera, Sekejap mata
49.	決定	juédìng	Memutuskan
50.	盡己所能	jìn jǐ suǒ néng	Sekuat tenaga, Mengerjakan sesuatu sebaik mungkin

51.	枴杖	guǎizhàng	Tongkat
52.	賣力	màilì	Sebisa mungkin, Mati-matian
53.	演出	yǎnchū	Mementaskan
54.	結果	jiéguǒ	Hasil, Akibat, Efek
55.	努力	nǔlì	Jerih payah, Upaya, Usaha
56.	感動	gǎndòng	Tersentuh, Menyentuh hati
57.	現場	xiànchǎng	Di arena, Di tempat
58.	觀眾	guānzhòng	Penonton, Spektator
59.	成績	chéngjī	Hasil, Nilai, Pencapaian

【虎頭蛇尾】

hǔ tóu shé wěi

Bagian dasar kalimat	Arti tambahan	Contoh
Kata sifat	-	做事不要虎頭蛇尾

解釋: jiěshì

比喻 做 事情 一 開始 很 積極[4]，後來 卻 草 草 了 事[5]、有
bǐyù zuò shìqíng yì kāishǐ hěn jījí hòulái què cǎo cǎo liǎo shì yǒu

始 無 終[6]。就 像 起頭[7]時 有著 老虎 般 的 氣勢[8]，結尾[9]時
shǐ wú zhōng jiù xiàng qǐtóu shí yǒuzhe lǎohǔ bān de qìshì jiéwěi shí

卻[10] 像 細小[11] 的 蛇 那樣 沒有 力道[12]。
què xiàng xìxiǎo de shé nàyàng méiyǒu lìdào

Penjelasan/Definisi: Ibarat mengerjakan hal pada awal mulanya berapi-api, namun kemudian akhirnya sembarangan. Ada awal tidak ada akhir. Seperti saat permulaan mengesankan layaknya harimau, namun di akhir seperti ular kecil yang tidak bertenaga. Kerja setengah-setengah.

例文: lìwén

看了 電視上 的 烹飪[13] 節目，我 也 想要 試試看[14]，
kànle diànshìshàng de pēngrèn jiémù wǒ yě xiǎngyào shìshìkàn

學學 大 廚師[15] 的 手藝[16]。所以，我 先 買 了 一把[17] 五 千 元
xuéxue dà chúshī de shǒuyì　suǒyǐ　wǒ xiān mǎi le yìbǎ　wǔqiānyuán

的 高級[18] 菜刀[19]，再 花
de gāojí càidāo zài huā

了 將近[20] 兩 萬 元，
le jiāngjìn liǎng wànyuán

把 廚房裡 的 爐具[21]
bǎ chúfánglǐ de lújù

和 鍋子[22] 都 換 成
hàn guōzi dōu huànchéng

新的。
xīnde

　　我 很 認眞[23] 的
　wǒ hěn rènzhēn de

看著 電視、仔細[24] 做
kànzhe diànshì zǐxì zuò

筆記，感覺[25] 做菜
bǐjì gǎnjué zuòcài

好 像 一點 都 不難。
hǎoxiàng yìdiǎn dōu bù nán

只是[26]，後來 我 發現[27]，洗菜 很 花 時間；切[28] 肉 要 小心，
zhǐshì hòulái wǒ fāxiàn xǐcài hěn huā shíjiān qiè ròu yào xiǎoxīn

才 不會 弄[29] 傷 手指[30]；調味料[31] 一匙[32] 一匙 慢 慢 算[33]，
cái bú huì nòng shāng shǒuzhǐ tiáowèiliào yìchí yìchí màn màn suàn

眞是 麻煩[34]。所以，最後 只 煮[35] 了一盤[36] 蛋炒飯[37]。
zhēnshì máfán   suǒyǐ   zuìhòu zhǐ zhǔ le yìpán   dànchǎofàn

老公 一邊 吃著 我 煮 的 炒飯，一邊 小 聲 的 說：
lǎogōng yìbiān chīzhe wǒ zhǔ de chǎofàn yìbiān xiǎoshēng de shuō

「唉！你 做 事情 虎 頭 蛇 尾，只有 三 分 鐘 熱度[38/39]。
āi   nǐ zuò shìqíng hǔ tóu shé wěi zhǐyǒu sānfēnzhōng   rèdù

這 眞是 我 吃過 最貴 的 炒飯！」
zhè zhēnshì wǒ chīguò zuì guì de chǎofàn

譯文：yìwén

　　Setelah menonton acara memasak di televisi, saya juga ingin mencoba, belajar kemahiran tangan juru masak ternama. Maka, saya membeli sebilah pisau dapur berkelas tinggi senilai lima ribu NT terlebih dahulu, lalu menghabiskan hampir mendekati dua puluh ribu NT untuk membeli kompor dan panci-panci yang baru untuk di dapur.

　　Saya dengan serius menonton televisi, dengan teliti membuat catatan, serasa memasak tidaklah sulit. Hanya saja, setelah itu barulah saya menyadari menyuci sayur sangat memakan waktu, memotong daging harus berhati-hati agar tidak melukai jari, bumbu harus dihitung perlahan sendok per sendok, sangatlah merepotkan. Maka, pada akhirnya hanya memasak sepiring nasi goreng telur.

　　Suami sambil memakan nasi goreng yang saya buat sambil berbicara dengan suara kecil: "Ampun! Kamu mengerjakan hal setengah-

setengah, hanya bergebu-gebu diawal. Ini benar-benar nasi goreng yang paling mahal yang pernah saya makan!"

Kosakata

1.	蛇	shé	Ular
2.	尾	wěi	Ekor, Buntut
3.	虎頭蛇尾	hǔ tóu shé wěi	Kepala harimau berekor ular
4.	積極	jījí	Aktif, Bersemangat, Berapi-api
5.	草草了事	cǎo cǎo liǎo shì	Sembarangan
6.	有始無終	yǒu shǐ wú zhōng	Ada awal tidak ada akhir
7.	起頭	qǐtóu	Awal, Awal mula
8.	氣勢	qìshì	Semangat, Mengesankan, Melakuan sesuatu dengan giat
9.	結尾	jiéwěi	Akhir, Konklusi
10.	卻	què	Akan tetapi, Tetapi
11.	細小	xìxiǎo	Sangat kecil, Amat kecil
12.	力道	lìdào	Keseimbangan, Kekuatan
13.	烹飪	pēngrèn	Memasak, Kuliner
14.	試試看	shìshìkàn	Mencoba

15.	廚師	chúshī	Juru masak, Koki
16.	手藝	shǒuyì	Keterampilan, Kebolehan, Kerajinan tangan
17.	把	bǎ	Kata satuan untuk suatu barang yang dapat digengam.
18.	高級	gāojí	Kelas atas
19.	菜刀	càidāo	Pisau dapur, Pisau sayur
20.	近	jìn	Dekat
21.	爐具	lújù	Kompor, Tungku
22.	鍋子	guōzi	Periuk, Panci, Kuali
23.	認眞	rènzhēn	Serius, Bersungguh-sungguh
24.	仔細	zǐxì	Teliti, Secara detil, Hati-hati
25.	感覺	gǎnjué	Merasa, Serasa
26.	只是	zhǐshì	Hanya, Hanya saja, Tetapi
27.	發現	fāxiàn	Menyadari, Mengetahui
28.	切	qiē	Memotong, megiris
29.	弄	nòng	Mengerjakan, Membuat
30.	手指	shǒuzhǐ	Jari
31.	調味料	tiáowèiliào	Bumbu, Perasa
32.	匙	chí	Sendok
33.	算	suàn	Dihitung, Menghitung, Menjumlahkan

34.	麻煩	máfán	Repot, Merepotkan, Menyusahkan, Mengganggu
35.	煮	zhǔ	Memasak, Merebus
36.	盤	pán	Sepiring
37.	蛋炒飯	dànchǎofàn	Nasi goreng telur
38.	熱度	rèdù	Temperatur
39.	三分鐘熱度	sānfēnzhōng rèdù	Bergebu-gebu di awal, Hangat hanya tiga menit

5 【守¹ 株² 待³ 兔】⁴
shǒu zhū dài tù

Bagian dasar kalimat	Arti tambahan	Contoh
Kata benda	-	這種守株待兔的方法很笨

解釋： jiěshì

比喻 想 要 不 勞 而 獲⁵，或是 指 人 局限⁶ 在 舊有 的 經驗⁷，
bǐyù xiǎng yào bù láo ér huò huòshì zhǐ rén júxiàn zài jiùyǒu de jīngyàn

不知 變通⁸。原本 的 故事 是 敘述⁹：有 一個 農夫¹⁰，偶然¹¹
bùzhī biàntōng yuánběn de gùshì shì xùshù yǒu yíge nóngfū ǒurán

發現 一隻 撞¹²到 田 中 樹木 而 死掉¹³ 的 兔子，就 放棄¹⁴
fāxiàn yìzhī zhuàngdào tiánzhōng shùmù ér sǐdiào de tùzi jiù fàngqì

耕 種¹⁵ 而 守在 樹旁，想 要 再 撿¹⁶到 更 多 的 兔子。
gēngzhòng ér shǒuzài shùpáng xiǎng yào zài jiǎndào gèng duō de tùzi

Penjelasan/Definisi: Ibarat ingin tidak bekerja mendapatkan hasil, atau tertuju kepada seorang yang melakukan hal yang sama dengan pengalaman yang pernah terjadi, tidak fleksibel. Awalnya menceritakan tentang seorang petani yang secara kebetulan mendapati seekor kelinci yang mati karena menabrak pohon di ladang, dengan itu dia mengabaikan kerjaannya bercocok tanam untuk menunggu di sebelah pohon, berharap akan memungut kelinci yang lebih banyak lagi.

現在 是 一個 知識[17] 爆炸[18] 的 時代[19]，人們 都 要 不斷[20]
xiànzài shì yíge zhīshì bàozhà de shídài rénmen dōu yào búduàn

的 充實[21] 自己[22]，求 新 求 變[23]。如果 不 知 道 上 進[24]，只
de chōngshí zìjǐ qiú xīn qiú biàn rúguǒ bù zhī dào shàngjìn zhǐ

想 守 株 待 兔，用 舊有 的 規矩[25] 或 想法 來 做事，那麼
xiǎng shǒu zhū dài tù yòng jiùyǒu de guījǔ huò xiǎngfǎ lái zuòshì nàme

很 快 的 就 會 被 這個 社會 所 淘汰[26]。
hěnkuài de jiù huì bèi zhèige shèhuì suǒ táotài

很多 傳統[27] 行業[28]，因為 有 了 創新[29] 的 點子[30]，
hěnduō chuántǒng hángyè yīnwèi yǒu le chuàngxīn de diǎnzi

讓 他們 的 產品 再 一 次 獲得 消費者[31] 喜愛[32]。例如
ràng tāmen de chǎnpǐn zài yí cì huòdé xiāofèizhě xǐài lìrú

蛋糕 造型[33] 的 毛巾[34] 禮盒[35]，和 強調[36] 手工[37] 天然[38]
dàngāo zàoxíng de máojīn lǐhé hàn qiángdiào shǒugōng tiānrán

的 有機[39] 香皂[40]，就是 因為 製造者[41] 巧妙[42] 的 創意[43]，
de yǒujī xiāngzào jiùshì yīnwèi zhìzàozhě qiǎomiào de chuàngyì

讓 原本 不起眼[44] 的 小東西， 變 成 了 時尚[45] 流行 的
ràng yuánběn bùqǐyǎn de xiǎodōngxi biànchéng le shíshàng liúxíng de

商品[46]。
shāngpǐn

譯文：yìwén

Sekarang adalah sebuah jaman sarana dan informatika, semua orang harus terus meningkatkan mutu diri sendiri, berubah dan berinovasi. Jika tidak bisa maju memperbaharui, hanya ingin duduk diam mendapatkan hasil, menggunakan cara yang lama atau pemikiran lama untuk mengerjakan hal, dengan begitu akan cepat tereliminasi oleh masyarakat pada jaman sekarang ini.

Banyak bisnis tradisional, karena mempunyai ide yang inovatif, membuat produk mereka digemari lagi oleh konsumen. Contohnya kotak hadiah handuk yang berbentuk kue, dan sabun organik yang menekankan kerajinan tangan alam, justru karena kekreatifitasan yang menakjubkan dari produsen, membuat barang kecil yang awal mulanya tidak menarik menjadi barang yang tren.

Kosakata

1.	守	shǒu	Menjaga
2.	株	zhū	Pohon, Batang pohon
3.	待	dài	Menunggu

4.	守株待兔	shǒu zhū dài tù	Menjaga pohon menunggu kelinci, Mengharap mendapatkan hasil dari hal yang pernah terjadi dengan cara yang sama.
5.	不勞而獲	bù láo ér huò	Tidak bekerja mendapatkan hasil, Duduk diam mendapatkan hasil
6.	局限	júxiàn	Batasan
7.	經驗	jīngyàn	Pengalaman, Pelajaran
8.	變通	biàntōng	Tidak fleksibel
9.	敘述	xùshù	Menceritakan, Menggambarkan
10.	農夫	nóngfū	Petani
11.	偶然	ǒurán	Secara kebetulan, secara tidak disangka
12.	撞	zhuàng	Menabrak
13.	死掉	sǐdiào	Mati, Meninggal
14.	放棄	fàngqì	Mengabaikan, Menyerah, Mundur
15.	耕種	gēngzhòng	Bercocok tanam
16.	撿	jiǎn	Memunggut
17.	知識	zhīshì	Pengetahuan
18.	爆炸	bàozhà	Meledak, Ledakan
19.	時代	shídài	Jaman, Era
20.	不斷	búduàn	Terus, Terus menerus
21.	充實	chōngshí	Memenuhi, Memadai

22.	自己	zìjǐ	Diri sendiri, Sendiri
23.	求新求變	qiú xīn qiú biàn	Inovasi dan perubahan
24.	上進	shàngjìn	Maju, Kemajuan
25.	規矩	guījǔ	Aturan
26.	淘汰	táotài	Tereliminasi
27.	傳統	chuántǒng	Tradisional
28.	行業	hángyè	Bisnis, Bidang usaha
29.	創新	chuàngxīn	Inovasi, Menciptakan sesuatu
30.	點子	diǎnzi	Ide
31.	消費者	xiāofèizhě	Konsumen
32.	喜愛	xǐài	Disukai, Kesukaan
33.	造型	zàoxíng	Model, Bentuk
34.	毛巾	máojīn	Handuk
35.	禮盒	lǐhé	Kotak hadiah
36.	強調	qiángdiào	Menekankan
37.	手工	shǒugōng	Kerajinan tangan
38.	天然	tiānrán	Alam, Alami
39.	有機	yǒujī	Organik
40.	香皂	xiāngzào	Sabun
41.	製造者	zhìzàozhě	Produsen, Pembuat

42.	巧妙	qiǎomiào	Pandai, Hebat
43.	創意	chuàngyì	Kreatifitas
44.	不起眼	bùqǐyǎn	Tidak menarik
45.	時尚	shíshàng	Tren, Mode
46.	商品	shāngpǐn	Barang, Barang dagangan

6 【生龍[1]活虎】[2]
shēng lóng huó hǔ

Bagian dasar kalimat	Arti tambahan	Contoh
Kata sifat	+	這個生龍活虎的人

解釋：jiěshì

比喻 一個人 很有 精神[3]，就 像 蛟龍[4] 和 猛[5]虎 一樣 活潑[6]
bǐyù yígerén hěnyǒu jīngshén jiù xiàng jiāolónghàn měnghǔ yíyàng huópō

勇 猛[7]。
yǒngměng

Penjelasan/Definisi: Ibarat seseorang yang sangat mempunyai semangat, lincah dan kuat sama seperti naga Jiao (Naga banjir, binatang mistis yang dapat memanggil banjir dan badai) dan harimau sengit.

例文：lìwén

有些 年輕[8] 人，白天 上班 或 上課 的 時候，總是
yǒuxiē niánqīng rén báitiān shàngbān huò shàngkè de shíhòu zǒngshì

提不起 精神。一 有空[9] 就[10] 發呆[11]，不 小心 就 會 打瞌睡[12]。
tíbùqǐ jīngshén yì yǒukòng jiù fādāi bù xiǎoxīn jiù huì dǎkēshuì

眼神[13] 非常 空洞[14]，氣色[15] 也 不好，似乎[16] 得了 什麼
yǎnshén fēicháng kōngdòng qìsè yě bùhǎo sìhū déle shéme

疾病[17]。
jíbìng

可是，只要 過 了 下午 五點，當 他們 下班 或 放學
kěshì zhǐyào guò le xiàwǔ wǔdiǎn dāng tāmen xiàbān huò fàngxué

之後，就 突然 完全[18]
zhīhòu jiù túrán wánquán

變了個樣子[19]。 換 上
biànle ge yàngzi huànshàng

光 鮮[20] 亮麗[21] 的
guāngxiān liànglì de

衣服，出現[22] 在 夜店[23]
yīfú chūxiàn zài yèdiàn

裡面，不管[24] 是 跳舞
lǐmiàn bùguǎn shì tiàowǔ

或 聊 天， 都 有
huò liáotiān dōu yǒu

用 不 完 的
yòngbùwán de

精 力[25]。 生 龍
jīnglì shēng lóng

活 虎 的， 就 像 是
huó hǔ de jiù xiàng shì

重新[26] 充滿 電[27] 或 轉緊 發條[28] 一般[29]。有句話:「上班
chóngxīn chōngmǎn diàn huò zhuǎnjǐn fātiáo yìbān yǒujùhuà shàngbān

上 課 一 條 蟲[30],下班 下課 一 條 龍」,應該 就 是 在
shàngkè yì tiáo chóng xiàbān xiàkè yì tiáo lóng yīnggāi jiù shì zài

說 這些 人 吧!
shuō zhè xiē rén ba

譯文:yìwén

　　Beberapa anak muda, saat kerja di siang hari atau saat sekolah, selalu tidak bisa bersemangat. Sekali senggang langsung bengong, tidak hati-hati akan ngantuk langsung tertidur. Tatapan matanya sangat hampa, warna mukanya juga tidak baik, seperti telah mendapatkan penyakit.

　　Tapi, ketika sudah lewat dari jam lima sore, saat setelah mereka pulang kerja atau pulang sekolah, mukanya langsung tiba-tiba berubah drastis. Berganti ke baju cerah yang terang benderang, muncul didalam klub malam, tidak peduli berdansa maupun berbincang-bincang, mempunyai energi yang tiada habisnya. Tenaga kuat bagaikan naga dan harimau itu biasanya seperti baterai yang diisi baru lagi atau sekrup yang telah diputar penuh. Ada sebuah kalimat yang mengatakan: "Kerja dan sekolah layaknya seekor ulat, sepulang kerja dan sekolah layak seekor naga", pastinya orang-orang inilah yang dimaksud.

生詞
shēngcí

Kosakata

1.	龍	lóng	Naga
2.	生龍活虎	shēng lóng huó hǔ	Semangat bagaikan naga dan harimau
3.	精神	jīngshén	Semangat, Pikiran, Kesadaran
4.	蛟龍	jiāolóng	Naga Jiao (naga banjir)
5.	猛	měng	Sengit, Dahsyat
6.	活潑	huópō	Lincah, Hidup
7.	勇猛	yǒngměng	Berani dan sengit, Tegas dan kuat
8.	年輕	niánqīng	Muda
9.	有空	yǒukòng	Waktu luang, Ada waktu luang
10.	一…就…	yī…jiù…	Sekali... langsung...
11.	發呆	fādāi	Bengong
12.	打瞌睡	dǎkēshuì	Tertidur, Mengantuk
13.	眼神	yǎnshén	Tatapan mata
14.	空洞	kōngdòng	Hampa
15.	氣色	qìsè	Warna muka, Raut wajah
16.	似乎	sìhū	Terlihat
17.	疾病	jíbìng	Penyakit

18.	完全	wánquán	Seluruhnya, Sepenuhnya
19.	樣子	yàngzi	Rupanya, Parasnya
20.	光鮮	guāngxiān	Cerah
21.	亮麗	liànglì	Terang, Benderang
22.	出現	chūxiàn	Muncul
23.	夜店	yèdiàn	Klub malam, Diskotik
24.	不管	bùguǎn	Tidak peduli
25.	精力	jīnglì	Energi, Tenaga, Stamina
26.	重新	chóngxīn	Baru lagi, ulang kembali
27.	電	diàn	Listrik (baterai)
28.	發條	fātiáo	Memutar (jam, mesin)
29.	一般	yìbān	Biasanya
30.	蟲	chóng	Ulat, Serangga

7 【車 水 馬 龍】[1]
chē shuǐ mǎ lóng

Bagian dasar kalimat	Arti tambahan	Contoh
Kata benda	+	到處車水馬龍

解釋： jiěshì

形容　人來人　往[2]，熱鬧[3] 繁華[4] 的　景象[5]。字面上的
xíngróng rén lái rén wǎng　rènào fánhuá de　jǐngxiàng zìmiànshàng de

意思 是 說：車子 多得　像　流水[6] 一般 連 綿 不絕[7]，眾多[8]
yìsi shì shuō　chēzi duōde xiàng liúshuǐ yì bān lián mián bù jué zhòngduō

的 馬匹[9] 排出[10] 了　像　長 龍[11] 一樣 的 隊伍[12]。
de mǎpī páichū le xiàng chánglóng yíyàng de duìwǔ

Penjelasan/Definisi: Menggambarkan suasana orang berlalu lalang, ramai dan bising. Arti sesungguhnya adalah tempat dimana kendaraan yang banyaknya seperti air mengalir tidak ada hentinya, banyak kuda berbaris sehingga panjangnya seperti naga.

例文： lìwén

到 臺灣 旅遊 的　觀 光 客[13]，一定 不會 錯過[14] 夜市 的
dào Táiwān lǚyóu de guānguāng kè　yídìng búhuì cuòguò yèshì de

美食。 從 臺北 的 士林，到 高 雄 的 六合，到處 都 有
měishí cóng Táiběi de Shìlín dào Gāoxióng de Liùhé dàochù dōu yǒu

著 名[15] 的 夜市。
zhùmíng de yèshì

就 像 它的 名稱[16] 一樣，夜市 裡 的 攤販[17] 大 多
jiù xiàng tā de míngchēng yíyàng yèshì lǐ de tānfàn dà duō

都 在 晚 上 營業[18]。即使[19] 已經 過 了 晚 上 十 點，這裡
dōu zài wǎnshàng yíngyè jíshǐ yǐjīng guò le wǎnshàng shí diǎn zhèlǐ

仍然[20] 是 車 水 馬 龍，生意[21] 好得 不得了。夜市 最 迷人[22]
réngrán shì chē shuǐ mǎ lóng shēngyì hǎode bùdéliǎo yèshì zuì mírén

的 地方 就是 物 美 價 廉[23]，只要 花 幾百元，就 可以 吃遍[24]
de dìfāng jiùshì wù měi jià lián zhǐyào huā jǐbǎiyuán jiù kěyǐ chīpiàn

山 珍 海 味[25]，對於[26] 預算[27] 有 限[28] 的 年 輕 人 而言[29]，
shān zhēn hǎi wèi duìyú yùsuàn yǒuxiàn de niánqīngrén éryán

眞是 最 佳 的 選擇[30]。
zhēnshì zuì jiā de xuǎnzé

譯 文：yìwén

Turis yang datang berwisata ke Taiwan pasti tidak akan melewatkan kesempatan menikmati kuliner makanan di pasar malam. Dari Shi Lin di Taipei sampai ke Liu He di Gao Xiong, sekitarnya dimana-mana adalah pasar malam yang ternama.

Sama seperti nama panggilannya, kebanyakan pedagang kaki lima di pasar malam berdagang pada malam hari. Sampai sudah melewati jam sepuluh malam pun masih ramai dikunjungi orang, bisnisnya sangat amat baik. Hal yang paling menarik bagi pengunjung dari pasar malam adalah barang bagus harga murah, hanya dengan mengeluarkan beberapa ratus NT dapat dengan nikmat memakan semua makanan lezat, boleh dikata untuk anak muda yang beranggaran terbatas adalah pilihan yang terbaik.

生詞
shēngcí

Kosakata

1.	車水馬龍	chē shuǐ mǎ lóng	Suatu tempat yang ramai penuh dengan orang dan kendaraan
2.	人來人往	rén lái rén wǎng	Orang berlalu lalang
3.	熱鬧	rènào	Bising, Ramai
4.	繁華	fánhuá	Ramai, kesibukan
5.	景象	jǐngxiàng	Pemandangan, Suasana
6.	流水	liúshuǐ	Air mengalir
7.	連綿不絕	lián mián bù jué	Tidak ada hentinya, Terus menerus, tidak terputus
8.	眾多	zhòngduō	Banyak

9.	馬匹	mǎpī	Kuda-kuda
10.	排出	páichū	Melepaskan, Mengeluarkan
11.	長龍	chánglóng	Barisan panjang
12.	隊伍	duìwǔ	Barisan (orang)
13.	觀光客	guānguāngkè	Turis
14.	錯過	cuòguò	Melewati, Melewatkan
15.	著名	zhùmíng	Ternama, Terkenal
16.	名稱	míngchēng	Panggilan, Sebutan
17.	攤販	tānfàn	Pedagang (jalanan)
18.	營業	yíngyè	Bisnis, Membuka
19.	即使	jíshǐ	Walaupun, Biarpun
20.	仍然	réngrán	Masih, Tetap
21.	生意	shēngyì	Bisnis, Dagang
22.	迷人	mírén	Menarik, Memukau
23.	物美價廉	wù měi jià lián	Barang bagus harga murah
24.	遍	piàn	Semua, Semuanya
25.	山珍海味	shān zhēn hǎi wèi	Makanan lezat (dari darat maupun laut)
26.	對於	duìyú	Untuk, Terhadap
27.	預算	yùsuàn	Anggaran
28.	有限	yǒuxiàn	Terbatas, Dalam batas

29.	而言	éryán	Boleh dikata
30.	選擇	xuǎnzé	Pilihan

8 【走馬看花】[1]
zǒu mǎ kàn huā

Bagian dasar kalimat	Arti tambahan	Contoh
Frase kata kerja	+/-	只是走馬看花

解釋：jiěshì

形　容　快速、匆忙　的　觀察，而　沒　有　深入　去　了解。就　像
xíngróng　kuàisù cōngmáng de　guānchá ér méiyǒu shēnrù qù liǎojiě　jiùxiàng

騎在 奔跑[2] 的　馬上　欣賞　風景，看得　並　不　仔細（隨便
qízài bēnpǎo de　mǎshàng xīnshǎng fēngjǐng kànde bìng bù　zǐxì　suíbiàn

看看）。
kànkan

Penjelasan/Definisi: Menggambarkan observasi yang cepat dan terburu-buru, tidak mengambil pengertian yang mendalam. Seperti menikmati pemandangan ketika menunggang kuda yang sedang berlari, melihat dengan sekilas sehingga tidak terperinci (hanya dengan melihat-lihat saja).

例文：lìwén

有些人 出去 旅遊，總是 把 重 點 放在 購物 上 面，
yǒuxiērén chūqù lǚyóu　zǒngshì bǎ zhòngdiǎn fàngzài gòuwù shàngmiàn

紀念品[3] 買個不停，對 四周 的 景物[4] 只是 走 馬 看 花，
jìniànpǐn　　măigebùtíng　　duì sìzhōu　de jǐngwù　zhǐshì zǒu mă kàn huā

並 沒有 用心 去 欣賞。
bìng méiyǒu yòngxīn qù xīnshǎng

　　就 像 隔壁 的 王太太，前 年 朋 友 約 她 去 Okinawa
　　jiùxiàng gébì de wángtàitài　qiánnián péngyǒu yuē tā qù

玩，她 說 好；去年 家人 找 她 去 沖 繩 玩，她 也 去
wán　tā shuō hǎo　qùnián jiārén zhǎo tā qù Chōngshéng wán　tā yě qù

了；今年初 鄰居 組團 要 去 琉球，她 第一個 報名。只是，
le　jīnniánchū línjū zǔtuán yào qù Liúqiú　tā dìyīge bàomíng zhǐshì

在 回家 之後，她 忍不住 納悶[5]：「外國 風景區 賣 的 特產[6]
zài huíjiā zhīhòu　tā rěnbúzhù nàmèn　wàiguó fēngjǐngqū mài de tèchǎn

怎麼 都 只 有 海帶？」在 問 了 女兒 之後，才 發現 她 去 的
zěme dōu zhǐ yǒu hǎidài　zài wèn le nǚér zhīhòu　cái fāxiàn tā qù de

都 是 同一個 地方，只是 稱呼[7] 不同 罷[8]了。
dōu shì tóngyíge dìfāng　zhǐshì chēnghū bùtóng bàle

譯文：yìwén

　　Beberapa orang saat berpergian, selalu hanya memfokuskan pada pembelanjaan barang, tiada hentinya membeli oleh-oleh, terhadap pemandangan sekelilingnya hanya melihat sepintas, dan tidak benar-benar menikmatinya.

Seperti nyonya Wang yang tinggal di sebelah rumah, dua tahun lalu temannya mengajaknya berkunjung ke Okinawa, dia pun setuju. Tahun lalu keluarganya mengajaknya berlibur ke Chong Sheng (nama mandarin Okinawa), dia pun pergi. Awal tahun ini grup perkumpulan tetangga akan pergi ke Liu Qiu (Pulau RyuKyu,di jepang), dia orang yang pertama mendaftar. Hanya saja, sepulangnya ia ke rumah, dia terkesima dan berpikir: "Barang yang dijual di area wisata luar negeri kenapa hanya ada rumput laut saja?". Setelah bertanya kepada putrinya, barulah dia menyadari tempat yang dia kunjungi semua itu tempat yang sama, hanya sebutannya saja yang berbeda.

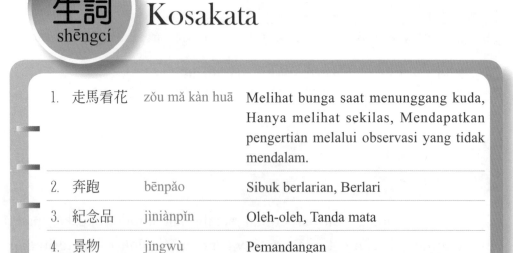

生詞 shēngcí Kosakata

1.	走馬看花	zǒu mǎ kàn huā	Melihat bunga saat menunggang kuda, Hanya melihat sekilas, Mendapatkan pengertian melalui observasi yang tidak mendalam.
2.	奔跑	bēnpǎo	Sibuk berlarian, Berlari
3.	紀念品	jìniànpǐn	Oleh-oleh, Tanda mata
4.	景物	jǐngwù	Pemandangan
5.	納悶	nàmèn	Berpikir
6.	特產	tèchǎn	Produk spesial dari suatu tempat wisata

7.	稱呼	chēnghū	Sebutan, Panggilan, Nama
8.	罷	bà	Hanya saja

⑨ 【露出馬腳】[1]
　　lù　chū　mǎ　jiǎo

Bagian dasar kalimat	Arti tambahan	Contoh
Kata sifat	-	〔某人〕露出馬腳了

解釋：jiěshì

形容　原本　隱藏[2]的　眞相　被　發現　了。這是　因爲　古代
xíngróng yuánběn yīncáng de zhēnxiàng bèi fāxiàn le zhèshì yīnwèi gǔdài

有　一種　遊戲，人們　在　馬的　身　上　披[3]上　裝飾[4]，
yǒu yìzhǒng yóuxì rénmen zài mǎ de shēnshàng pīshàng zhuāngshì

扮成　其他　動物，但　如果　在　走動　的　時候　馬腳　露出來，
bànchéng qítā dòngwù dàn rúguǒ zài zǒudòng de shíhòu mǎjiǎo lùchūlái

就　會　被　看　穿　是　假扮[5]的　了。
jiù huì bèi kàn chuān shì jiǎbàn de le

Penjelasan/Definisi: Menggambarkan fakta yang ditutup-tutupi telah diketahui kebenarannya. Ini dikarenakan pada jaman dahulu ada satu macam permainan, dimana di atas kuda ditutupi oleh hiasan dekorasi, menyamar menjadi binatang lain, tetapi jika saat bergerak kaki kuda akan menjulur keluar, akan terungkap bahwa itu hanya berpura-pura. Ketahuan belangnya.

胡半仙 宣稱[6] 他有 超能力[7]，可以 靠 觸摸[8] 身體 來
húbànxiān xuānchēng tā yǒu chāonénglì kěyǐ kào chùmō shēntǐ lái

爲人 治病。被他 治療 的 人們 表示， 當 胡半仙 的
wèi rén zhìbìng bèi tā zhìliáo de rénmen biǎoshì dāng húbànxiān de

手 碰到他們 受 傷 的部位時，會有一種 痠痠 麻麻
shǒu pèngdào tāmen shòushāng de bùwèi shí huì yǒu yìzhǒng suānsuān mámá

的 感覺。
de gǎnjué

由於 這 實在 是 太 神奇 了，因此 受到了 記者 的 注意。
yóuyú zhè shízài shì tài shénqí le yīncǐ shòudàole jìzhě de zhùyì

在 某 一 次 的 新聞 探訪[9] 後，胡半仙 終於 露出 馬腳。
zài mǒu yí cì de xīnwén cǎifǎng hòu húbànxiān zhōngyú lù chū mǎ jiǎo

因爲 當 記者 用 慢動作 播放[10] 他 爲人 治療 的 畫面
yīnwèi dāng jìzhě yòng màndòngzuò bòfàng tā wèirén zhìliáo de huàmiàn

時，發現 胡半仙 的 手 中 藏有 一條 電線，這就是
shí fāxiàn húbànxiān de shǒuzhōng cángyǒu yìtiáo diànxiàn zhè jiù shì

病人 有 痠麻 感覺 的 原因。胡半仙 的 神話[11] 只 維持 了
bìngrén yǒu suānmá gǎnjué de yuányīn húbànxiān de shénhuà zhǐ wéichí le

短短 幾週 就 結束 了。再 高明[12] 的 騙術[13] 還是 敵[14]不過
duǎnduǎn jǐzhōu jiù jiéshù le zài gāomíng de piànshù háishì díbúguò

現代 科技 的 進步。
xiàndài kējì de jìnbù

譯文：yìwén

    Hu Ban Xian menyatakan bahwa dia mempunyai kekuatan super, dapat menyembuhkan orang hanya dengan melalui sentuhan. Orang-orang yang telah disembuhkan olehnya bercerita bahwa, saat tangan Hu Ban Xian menyentuh bagian terluka mereka, terasa semacam rasa kesemutan yang geli menggelitik.

    Dikarenakan ini benar-benar sangat ajaib, maka dari itu mendapatkan banyak perhatian dari wartawan. Setelah satu wawancara berita, akhirnya Hu Ban Xian mulai ketahuan belangnya. Karena ketika wartawan memainkan cuplikan saat dia menyembuhkan orang menggunakan gerakan lambat, terlihat bahwa di tengah tangan Hu Ban Xian tersembunyi sebuah kabel listrik, ini adalah alasan rasa tergelitik kesemutan yang dirasakan oleh pasien. Inilah akhir dari cerita dongeng Hu Ban Xian yang hanya bertahan beberapa minggu. Seberapa brilyannya tipu muslihat tetap tidak dapat menandingi kemajuan teknik jaman moderen.

生詞 shēngcí　Kosakata

1.	露出馬腳	lù chū mǎ jiǎo	Ketahuan belangnya
2.	隱藏	yǐncáng	Menyembunyikan
3.	披	pī	Menutupi
4.	裝飾	zhuāngshì	Menghias, Mendekorasi
5.	假扮	jiǎbàn	Menyamar
6.	宣稱	xuānchēng	Menyatakan
7.	超能力	chāonénglì	Kekuatan super
8.	觸摸	chùmō	Menyentuh, Meraba
9.	採訪	cǎifǎng	Wawancara, Interpiu
10.	播放	bòfàng	Memainkan, Menyiarkan
11.	神話	shénhuà	Cerita dongeng
12.	高明	gāomíng	Brilyan
13.	騙術	piànshù	Tipu muslihat
14.	敵	dí	Menandingi

⑩ 【識途老馬】[1]
shì tú lǎo mǎ

Bagian dasar kalimat	Arti tambahan	Contoh
Kata benda	+	〔某人〕是識途老馬

解釋：jiěshì

形 容 對 某件 事情 非常 熟悉，或 很有 經驗 的 人。
xíngróng duì mǒujiàn shìqíng fēicháng shúxī huò hěnyǒu jīngyàn de rén

就 像 年老的 馬匹 認得 出 走過的 路 一般。
jiù xiàng niánlǎo de mǎpī rènde chū zǒuguòde lù yìbān

Penjelasan/Definisi: Menggambarkan sangat menguasai suatu hal, atau orang yang sangat berpengalaman. Seperti kuda tua yang dapat mengenali jalan yang pernah dilewatinya.

例文：lìwén

前天 我們 幾個 朋友 約好 一起 去 爬山，忙 著
qiántiān wǒmen jǐge péngyǒu yuēhǎo yìqǐ qù páshān mángzhe

準備[2] 的 同時，卻 忘了 注意 氣象[3] 報導[4]。直到 進入 山區
zhǔnbèi de tóngshí què wàngle zhùyì qìxiàng bàodǎo zhídào jìnrù shānqū

之後，天色[5] 突然 變得 昏暗[6]、下起 大雨，才 發現 情況
zhīhòu tiānsè túrán biànde hūnàn xiàqǐ dàyǔ cái fāxiàn qíngkuàng

不妙。
búmiào

幸好 有 老張 這位 識途老馬 的 幫忙，帶領
xìnghǎo yǒu lǎozhāng zhè wèi shì tú lǎo mǎ de bāngmáng dàilǐng

大家 避開 危險 路段，順利 下山，否則 我們 一定 沒有
dàjiā bìkāi wéixiǎn lùduàn shùnlì xiàshān fǒuzé wǒmen yídìng méiyǒu

辦法 平安 回來。說不定 還 會 因為 迷路[7]，而得 靠 直升機[8]
bànfǎ píngān huílái shuōbúdìng hái huì yīnwèi mílù ér děi kào zhíshēngjī

來 救援[9] 才能 下山，要是 真 上 了電視，那 可 就 太
lái jiùyuán cáinéng xiàshān yào shì zhēn shàng le diànshì nà kě jiù tài

丟臉 了！
diūliǎn le

譯文：yìwén

　　Dua hari yang lalu kami sekawanan berjanji untuk mendaki gunung bersama, disaat bersamaan sibuk mempersiapkan peralatan, namun lupa memperhatikan laporan cuaca. Sampai setelah memasuki pegunungan, warna langit tiba-tiba berubah menjadi gelap kehitaman, mulai turun hujan besar, barulah menyadari betapa buruknya keadaan.

　　Untungnya ada bantuan Lao Zhang orang yang berpengalaman ini, menuntun kami semua menghindari bagian jalan yang berbahaya, dengan lancar turun gunung, jika tidak kami pasti tidak akan selamat sampai ke rumah. Malah mungkin akan karena tersesat dan harus bergantung pada pertolongan helikopter baru dapat turun gunung. Jika sampai benar-benar masuk ke televisi, betapa sangat memalukannya itu!

Kosakata

1.	識途老馬	shì tú lǎo mǎ	Kuda tua yang mengenali jalan, Orang yang berpengalaman
2.	裝備	zhuāngbèi	Peralatan
3.	氣象	qìxiàng	Cuaca
4.	報導	bàodǎo	Laporan
5.	天色	tiānsè	Warna langit
6.	昏暗	hūnàn	Gelap kehitaman
7.	迷路	mílù	Tersesat
8.	直升機	zhíshēngjī	Helikopter
9.	救援	jiùyuán	Pertolongan, Bantuan

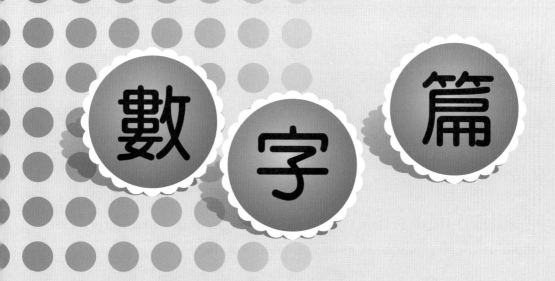

數字篇

① 【一見鍾情】[1]
yí jiàn zhōng qíng

Bagian dasar kalimat	Arti tambahan	Contoh
Kata benda	+	相信一見鍾情嗎？

解釋：jiěshì

第一次　見面[2]　就　覺得　喜歡，　通常[3]　是　指　男　女　之間[4]　的
dìyícì　jiànmiàn　jiù　juéde　xǐhuān　　tōngcháng　shì　zhǐ　nán　nǚ　zhījiān　de

愛情[5]　。
àiqíng

Penjelasan/Definisi: Pertama bertemu langsung merasa suka, sering kali tertuju untuk perasaan cinta antara pria dan wanita.

例文：lìwén

　　心理學家[6]　做　了　一項　研究[7]，發現　人們　在　第一次　見　面
　　xīnlǐxuéjiā　zuò　le　yíxiàng　yánjiù　　fāxiàn　rénmen　zài　dìyícì　jiànmiàn

的　時候，最　開始　的　四十五秒　非常　　重要。如果　在　這
de shíhòu　zuì kāishǐ de sìshíwǔmiǎo fēicháng zhòngyào　rúguǒ zài zhè

四十五秒內，可以　讓　對方　留下[8]　好　的　印象[9]，之後　就　能
sìshíwǔmiǎo nèi　kěyǐ ràng duìfāng liúxià hǎo de yìnxiàng　zīhòu jiù néng

發展[10] 出 不錯 的 關係。
fāzhǎn chū búcuò de guānxì

所以，浪漫 的 愛情 故事， 常 常 都 從 一 見 鍾
suǒyǐ làngmàn de àiqíng gùshì chángcháng dōu cóng yí jiàn zhōng

情 開始。白雪公主
qíng kāishǐ báixuěgōngzhǔ

吃了 有毒[11] 的 蘋果，
chīle yǒudú de píngguǒ

躺[12]在 玻璃[13] 棺木[14] 裡，
tǎng zài bōlí guānmù lǐ

白馬王子 一 看 到 她
bǎimǎwángzǐ yí kàn dào tā

就 愛上 了她。灰姑娘
jiù àishàng le tā huīgūniáng

跳 完 舞 就 逃走，
tiàowán wǔ jiù táozǒu

只 留下 一只 玻璃鞋，
zhǐ liúxià yìzhī bōlixié

城 堡[15]裡 的 王子 還是
chéngbǎo lǐ de wángzǐ háishì

下 定 決心[16] 到處 去 找
xiàdìng juéxīn dàochù qù zhǎo

她。因為，在 第一次 見面 的 前 四十五 秒，愛情 就
tā yīnwèi zài dìyícì jiànmiàn de qián sì shí wǔ miǎo àiqíng jiù

發生了。
fāshēng le

譯文：yìwén

　　Ahli ilmu jiwa membuat satu macam penelitian, menemukan bahwa pada saat orang pertama kali bertemu, empat puluh lima detik pertama sangat teramat penting. Kalau dalam empat puluh lima detik ini dapat meninggalkan kesan baik untuk lawan, setelah itu akan dapat mengembangkan hubungan yang lumayan baik.

　　Maka, cerita romantis percintaan sering kali semua dimulai dari cinta pada pandangan pertama. Putri salju setelah memakan apel beracun, berbaring di dalam peti mati kaca, pangeran berkuda putih pun jatuh cinta setelah melihat dia. Cinderella lari meninggalkan pesta setelah selesai berdansa, hanya meninggalkan sebuah sepatu kaca, pangeran di kastil tetap memutuskan mencari dia keseluruh tempat. Karena disaat empat puluh lima detik pertama kali bertemu, cinta telah tumbuh.

生詞
shēngcí

Kosakata

1.	一見鍾情	yí jiàn zhōng qíng	Jatuh cinta pada pandangan pertama
2.	見面	jiànmiàn	Bertemu
3.	通常	tōngcháng	Seringkali, Biasanya
4.	之間	zhījiān	Antara, Diantara
5.	愛情	àiqíng	Cinta (antara pasangan)
6.	心理學家	xīnlǐxuéjiā	Ahli ilmu jiwa (psikiater/psikolog)
7.	研究	yánjiù	Penelitian
8.	留下	liúxià	Meninggalkan
9.	印象	yìnxiàng	Kesan
10.	發展	fāzhǎn	Perkembangan
11.	毒	dú	Racun, Kasar/tajam, Kejam
12.	躺	tǎng	Berbaring
13.	玻璃	bōli	Kaca
14.	棺木	guānmù	Peti mati
15.	城堡	chéngbǎo	Kastil, Benteng
16.	決心	juéxīn	Kebulatan tekad, Keteguhan hati, Keputusan, Menentukan pikiran

② 【百聞不如一見】[1]
bǎi wén bù rú yí jiàn

Bagian dasar kalimat	Arti tambahan	Contoh
Frase	+	來到這裡，才知道什麼是百聞不如一見。

解釋：jiěshì

聽 別人 說 了 很多次，不如[2] 自己 去 看一次。形容 親眼[3]
tīng biérén shuō le hěnduōcì bùrú zìjǐ qù kànyícì xíngróng qīngyǎn

所 看到 的 東西，讓 人 印象 更 深刻，更 覺得 真實[4]。
suǒ kàndào de dōngxi ràng rén yìnxiàng gèng shēnkè gèng juéde zhēnshí

Penjelasan/Definisi: Mendengar perkataan orang berkali-kali, tidak sama dengan melihat sendiri. Menggambarkan melihat sesuatu dengan mata kepala sendiri, akan lebih meninggalkan kesan yang lebih dalam, terasa lebih nyata.

例文：lìwén

老 王 和老李 來到 一間 美術館[5]，裡面 正 在
Lǎo Wáng hàn Lǎo Lǐ láidào yìjiān měishùguǎn lǐmiàn zhèngzài

展出[6] 抽象派[7] 的 藝術品[8]。雖然 他們 看不懂，但是 也
zhǎnchū chōuxiàngpài de yìshùpǐn suīrán tāmen kànbùdǒng dànshì yě

不想 在 朋友 面前 丟臉[9]，只好 裝作[10] 很有 興趣
bùxiǎng zài péngyǒu miànqián diūliǎn zhǐhǎo zhuāngzuò hěn yǒu xìngqù

的 樣子。老 王 說：「百 聞 不如 一 見，這些 藝術品 真是
de yàngzi Lǎo Wáng shuō bǎi wén bù rú yí jiàn zhèxiē yìshùpǐn zhēnshì

太 美 了。」老 李 說：「是 呀，以前 只有 在 書本 裡
tài měi le Lǎo Lǐ shuō shì ā yǐqián zhǐyǒu zài shūběn lǐ

看過，能 親眼 看見 實在 太 棒 了。」
kànguò néng qīngyǎn kàijiàn shízài tài bàng le

逛著[11] 逛著，他們 發現 了 一塊 掛 在 牆 上 的
guàngzhe guàngzhe tāmen fāxiàn le yí kuài guà zài qiáng shàng de

塑膠[12] 板。老 王 說：「哇！這個 作品 真是 太棒 了！
sùjiāo bǎn Lǎo Wáng shuō wā zhège zuòpǐn zhēnshì tàibàng le

不管 是 顏色 或是 形 狀 ， 都 那麼 搶眼[13]。」老 李 聽
bùguǎn shì yánsè huòshì xíngzhuàng dōu nàme qiǎngyǎn Lǎo Lǐ tīng

了，也 跟著 說 ：「是 啊！看 了 這麼 多，我 最 喜歡 這
le yě gēnzhe shuō shì ā kàn le zhème duō wǒ zuì xǐhuān zhè

一件 作品[14]。」兩個人 決定 問問 解說員[15]，這 件 作品
yíjiàn zuòpǐn lǎngge rén júedìng wènwèn jiěshuōyuán zhè jiàn zuòpǐn

叫 什麼 名字。解說員 回答：「喔！這東西 叫做 電源[16]
jiào shénme míngzi jiěshuōyuán huídá ō zhè dōngxi jiàozuò diànyuán

的 總 開關[17]。」
de zǒng kāiguān

譯文：yìwén

　　Lao Wang dan Lao Li datang ke sebuah gedung kesenian, di dalam sedang memamerkan benda kesenian aliran abtstrak. Biarpun mereka tidak mengerti melihatnya, tetapi juga tidak ingin kehilangan muka di depan temannya, hanya bisa berpura-pura terlihat tertarik. Lao wang berkata: "Melihat sendiri lebih baik daripada mendengar dari orang lain, lukisan-lukisan ini benar-benar sangat indah.". Lao Li berkata: "Iya, dulu hanya pernah melihatnya di buku, dapat melihat dengan mata kepala sendiri benar-benar sangat luar biasa."

　　Setelah berjalan, mereka menemukan sepotong papan plastik yang tergantung di dingding. Lao Wang berkata: "Wah ! Karya ini benar-benar sangat hebat ! Tidak peduli warna atau bentuknya, begitu menyolok.". Setelah Lao Li mendengar, juga ikut berkata: "Iya, setelah melihat begitu banyak, saya paling suka karya yang ini.". Dua orang ini memutuskan bertanya kepada juru ulas tentang nama dari karya ini. Juru ulas menjawab: "Oh ! Barang ini disebut tombol utama sumber listrik.".

生詞 shēngcí　Kosakata

| 1. | 百聞不如一見 | bǎi wén bù rú yí jiàn | Seratus kali mendengar tidak sebanding dengan satu kali |

			melihat, Melihat sendiri lebih baik daripada mendengar dari orang lain
2.	不如	bùrú	Tidak sebaik, Tidak sama dengan
3.	親眼	qīngyǎn	Melihat dengan mata kepala sendiri
4.	眞實	zhēnshí	Nyata, Asli
5.	美術館	měishùguǎn	Gedung kesenian
6.	展出	zhǎnchū	Memamerkan
7.	抽象派	chōuxiàngpài	Aliran abtstrak
8.	藝術品	yìshùpǐn	Benda seni
9.	丟臉	diūliǎn	Malu, Memalukan
10.	裝作	zhuāngzuò	Berpura-pura
11.	逛	guàng	Berjalan-jalan
12.	塑膠	sùjiāo	Plastik
13.	搶眼	qiǎngyǎn	Menyolok
14.	作品	zuòpǐn	Karya
15.	解說員	jiěshuōyuán	Juru ulas, Komentator
16.	電源	diànyuán	Sumber listrik
17.	總開關	zǒngkāiguān	Tombol utama

③ 【一箭雙鵰】[1]
yí jiàn shuāng diāo

Bagian dasar kalimat	Arti tambahan	Contoh
Kata kerja	+	我來到臺灣，既能學好中文，又能交到好朋友，真是一箭雙鵰。

解釋：jiěshì

只射[2]出 一支 箭[3]，卻 同時 射中 兩 隻 鳥。用 來 比喻 做
zhǐ shèchū yìzhī jiàn què tóngshí shèzhòng liǎng zhī niǎo yòng lái bǐyù zuò

一件 事情，可以 同時 達到[4] 兩 種 目的[5]。
yíjiàn shìqíng kěyǐ tóngshí dádào liǎngzhǒng mùdì

Penjelasan/Definisi: Hanya dengan membidik satu panah, tetapi pada waktu yang bersamaan tertembak dua ekor burung. Digunakan untuk mengumpamakan mengerjakan satu hal, di waktu yang sama dapat mencapai dua macam tujuan.

例文：lìwén

阿 華 胖 胖 的，但是 她 的 夢 想 是 成爲[6]
Ā Huá pàngpàng de dànshì tā de mèngxiǎng shì chéngwéi

模特兒。因爲 當 了 模特兒 之後，不但 可以 變成 大家
mótèér yīnwèi dāng le mótèér zhīhòu búdàn kěyǐ biànchéng dàjiā

都 認識 的 名人，還 可以 賺 很 多 錢。同時 擁有[7] 名氣
dōu rènshì de míngrén hái kěyǐ zhuàn hěn duō qián tóngshí yǒngyǒu míngqì

和 金錢，看來 真是 個 一 箭 雙 鵰 的 好 主 意[8]。為 了
hàn jīnqián kàn lái zhēnshì ge yí jiàn shuāng diāo de hǎo zhǔ yì wèi le

想 快點 瘦 下來，阿華 問 她 的 爸爸 有 沒 有 什麼 好
xiǎng kàidiǎn shòu xiàlái Ā Huá wèn tā de bàba yǒu méi yǒu shénme hǎo

方法。
fāngfǎ

華爸：我 知道 有 一種 運動 很 有效[9]。
Huábà wǒ zhīdào yǒu yìzhǒng yùndòng hěn yǒuxiào

阿華：真 的 嗎？快 告訴 我 怎麼 做。
Ā Huá zhēn de ma kài kàosù wǒ zěnme zuò

華爸：妳 只要 把 頭 從 左邊 轉 到 右邊，再 從
Huábà nǐ zhǐyào bǎ tóu cóng zuǒbiān zhuǎn dào yòubiān zài cóng

右邊 轉 回 左邊，這樣 就 可以 了。
yòubiān zhuǎn huí zuǒbiān zhèyàng jiù kěyǐ le

阿華：這麼 簡單[10]！那 我 一 天 要 做 幾 次 呢？
Ā Huá zhème jiǎndān nà wǒ yì tiān yào zuò jǐ cì ne

華爸：看到 食物 的 時候 就 開始 做，一直 做 到 食物 被
Huábà kàndào shíwù de shíhòu jiù kāishǐ zuò yìzhí zuò dào shíwù bèi

別人 吃完 就 可以 了。
biérén chīwán jiù kěyǐ le

譯文：yìwén

　　Ahua bertubuh gemuk, tetapi impiannya adalah menjadi seorang model. Karena setelah menjadi model, tidak hanya menjadi orang terkenal yang dikenal oleh semua orang, juga dapat menghasilkan banyak uang. Di saat yang bersamaan mempunyai reputasi dan uang, terlihat sepertinya satu ide yang mendapatkan dua keuntungan sekaligus dalam satu kali bekerja. Untuk agar ingin segera kurus, Ahua bertanya kepada ayahnya adakah cara yang baik.

　　Ayah : Saya tahu ada satu macam olahraga yang sangat efektif.

　　Ahua : Apakah itu benar? Cepat beritahu saya bagaimana.

　　Ayah : Kamu hanya perlu memutarkan kepala dari kiri ke kanan, dan memutarkannya lagi dari kanan ke kiri, seperti itu saja.

　　Ahua : Semudah itu! Jika seperti itu saya harus melakukannya sehari berapa kali?

　　Ayah : Dimulai saat melihat makanan, terus sampai makanan habis dimakan oleh orang lain saja.

Kosakata

1.	一箭雙鵰	yí jiàn shuāng diāo	Mendapat dua burung dengan satu panah, Mendapatkan dua keuntungan sekaligus dalam satu kali bekerja.
2.	射	shè	Membidik, Menembak
3.	箭	jiàn	Panah
4.	達到	dádào	Mencapai
5.	目的	mùdì	Tujuan
6.	成爲	chéngwéi	Menjadi
7.	擁有	yǒngyǒu	Mempunyai
8.	主意	zhǔyì	Ide, Keputusan
9.	有效	yǒuxiào	Efektif, Berlaku
10.	簡單	jiǎndān	Mudah, Gampang

【顛三倒四】[1]
diān sān dǎo sì

Bagian dasar kalimat	Arti tambahan	Contoh
Kata sifat	-	〔某人〕講話非常顛三倒四

解釋：jiěshì

形容　說話　或是　做事情　混亂[2] 而 沒有 條理[3]，就 好
xíngróng shuōhuà huòshì zuòshìqíng hùnluàn ér méiyǒu tiáolǐ jiù hǎo

像 把 三 說 成 四，把 四 說 成 三，順序[4] 顛倒[5] 了
xiàng bǎ sān shuōchéng sì bǎ sì shuōchéng sān shùnxù diāndǎo le

一樣。
yíyàng

Penjelasan/Definisi: Menggambarkan berbicara atau mengerjakan hal dengan berantakan tidak ada keteraturan, seperti saat tiga dibilang menjadi empat, empat dibilang menjadi tiga, urutannya seperti terbalik-balik.

例文：lìwén

老 王 到 他 家 巷子口 的 餐廳 吃飯，結果 喝醉
Lǎo Wáng dào tā jiā xiàngzikǒu de cāntīng chīfàn jiéguǒ hēzuì

了。吃完飯走到門口，老王已經搞不清楚自己在
le chīwán fàn zǒu dào ménkǒu Lǎo Wáng yǐjīng gǎobùqīngchǔ zìjǐ zài

哪裡，以為離家很遠，所以攔[6]了一台計程車，想
nǎlǐ yǐwéi lí jiā hěn yuǎn suǒyǐ lán le yì tái jìchéngchē xiǎng

坐車回家。
zuòchē huíjiā

老王上了車，司機問他：「先生，要去哪裡？」
Lǎo Wáng shàngle chē sījī wèn tā xiān shēn yào qù nǎlǐ

老王說：「往前直走……不對，好像要先右轉，
Lǎo Wáng shuō wǎng qián zhí zǒu búduì hǎoxiàng yào xiān yòuzhuǎn

嗯，還是要先左轉呢？」司機看老王滿臉通紅[7]，
ēn háishì yào xiān zuǒzhuǎn ne sījī kàn Lǎo Wáng mǎnliǎn tōnghóng

說話顛三倒四的樣子，就問他說：「先生，請問
shuōhuà diān sān dǎo sì de yàngzi jiù wèn tā shuō xiān shēn qǐng wèn

你要去的地方地址是……」老王說：「我要去
nǐ yào qù de dìfāng dìzhǐ shì Lǎo Wáng shuō wǒ yào qù

長安街。」司機覺得很奇怪，說：「這裡就是長安街
Chángān Jiē sījī juéde hěn qíguài shuō zhèlǐ jiù shì Chángān Jiē

啊！」老王聽了，從口袋[8]裡拿出一百塊錢給司機
ā Lǎo Wáng tīngle cóng kǒudài lǐ náchū yì bǎi kuài qián gěi sījī

說：「想不到這麼快就到了！年輕人，開車不要開太
shuō xiǎngbúdào zhème kuài jiù dào le niánqīngrén kāichē búyào kāi tài

快，危險啊！」其實，計程車一直停在原地[9]，根本沒有
kuài wéixiǎn ā qíshí jìchéngchē yìzhí tíng zài yuándì gēnběn méiyǒu

移動[10]。
yídòng

譯文：yìwén

　　Lao Wang makan di restoran depan gang rumahnya, alhasil dia mabuk. Setelah selesai makan dia jalan ke depan pintu, Lao Wang sudah tidak jelas dimanakan dia berada, mengira masih jauh dari rumah, maka menghadang sebuah taksi, ingin naik taksi pulang.

　　Setelah Lao Wang naik, supir bertanya kepadanya: "Tuan, mau pergi kemana?" Lao Wang berkata: "Jalan terus lurus ke depan…Eh salah, sepertinya harus belok kanan dahulu, hmm, apa harusnya belok ke kiri dahulu yah?". Supir melihat seluruh muka Lao Wang merah, terlihat bicara tidak keruan, langsung bertanya kepadanya: "Tuan, maaf tempat yang ingin kamu tuju alamatnya adalah…". Lao Wang berkata: "Saya mau ke jalan Chang An". Supir merasa sangat aneh, berkata: "Ini adalah jalan Chang An!". Setelah Lao Wang mendengar, dia mengeluarkan seratus NT dari kantung lalu diberikannya kepada supir dan berkata: "Tidak disangka secepat ini sudah sampai! Anak muda menyetir jangan terlalu cepat, berbahaya!". Sebenarnya, taksi masih terhenti di tempat semula, tidak bergerak sama sekali.

生詞
shēngcí

Kosakata

1.	顛三倒四	diān sān dǎo sì	Bicara tidak keruan
2.	混亂	hùnluàn	Berantakan, Kacau
3.	條理	tiáolǐ	Keteraturan, Beraturan
4.	順序	shùnxù	Urutan
5.	顛倒	diāndǎo	Terbalik
6.	攔	lán	Menghadang
7.	滿臉通紅	mǎnliǎn tōnghóng	Seluruh muka merah
8.	口袋	kǒudài	Kantung
9.	原地	yuándì	Tempat semula, Tempat awal
10.	移動	yídòng	Bergerak, Berpindah

⑤【五花八門】[1]
wǔ huā bā mén

Bagian dasar kalimat	Arti tambahan	Contoh
Kata sifat	+	種類五花八門

解釋： jiěshì

比喻 事物[2] 的 種類 很多。「五花」[3] 和「八門」是 古時候
bǐyù shìwù de zhǒnglèi hěn duō　　wǔ huā　　hàn　bā mén　shì gǔshíhòu

軍隊[4] 作戰[5] 排的 兩 種　陣法[6] 名 稱，隊形[7]　充　滿
jūnduì zuòzhàn pái de liǎngzhǒng zhènfǎ míngchēng　　duìxíng chōngmǎn

變化[8]。
biànhuà

Penjelasan/Definisi: Mengumpamakan jenis barang yang sangat banyak,
"Unsur formasi" dan "Delapan gerbang" adalah dua macam panggilan
saat jaman dahulu formasi siasat peperangan pasukan tentara, formasi
yang penuh dengan perubahan.

例文： lìwén

生意人[9] 為了 能 夠 順利[10] 推出[11] 自己 的 商品，一定 要
shēnyìrén wèile nénggòu shùnlì tuīchū zìjǐ de shāngpǐn yídìng yào

了解 流行 趨勢[12]，因為 這樣 才 能 抓住[13] 賺 錢[14] 的 機會。
liǎojiě líuxíng qūshì　yīnwèi zhèyàng cái néng zhuāzhù zhuànqián de jīhuì

現在，大部分 的 人 都 覺得 瘦[15] 才 好 看，所以 市 場 上
xiànzài dàbùfèn de rén dōu juéde shòu cái hǎo kàn　suǒyǐ shìchǎng shàng

就 出 現 了 五 花 八 門 的 減肥法，還 發明[16] 一 種 減肥[17]
jiù chūxiàn le wǔ huā bā mén de jiǎnféifǎ　hái fāmíng yìzhǒng jiǎnféi

眼鏡[18]，它 的 鏡片[19] 是 藍色 的。據說 藍色 可以 讓 食物
yǎnjìng　tā de jìngpiàn shì lánsè de　jùshuō lánsè kěyǐ ràng shíwù

看起來 不 好 吃，所以 戴 上 了 這 種 眼鏡，食量[20] 就 會
kànqǐlái bù hǎo chī　suǒyǐ dàishàng le zhè zhǒng yǎnjìng shíliàng jiù huì

變 小。還 有人 發明 了 一 種 減肥碗，碗裡 有 鏡子，只要
biànxiǎo　hái yǒurén fāmíng le yìzhǒng jiǎnféiwǎn wǎnlǐ yǒu jìngzi zhǐyào

裝 進去 半碗飯，看起來 就 像 是 一大碗，所以 吃了 兩 碗
zhuāngjìnqù bànwǎnfàn kàiqǐlái jiù xiàng shì yídàwǎn　suǒyǐ chīle liǎngwǎn

飯 其實 只 吃 一碗。其他 還 有 像 減肥 拖鞋[21]、減肥椅、
fàn qíshí zhǐ chī yìwǎn　qítā hái yǒu xiàng jiǎnféi tuōxié　jiǎnféiyǐ

減肥糖……等等，這麼 多 減肥 用品[22]，到底 哪 一 種 最
jiǎnféitáng　děngděng zhème duō jiǎnféi yòngpǐn　dàodǐ nǎ yìzhǒng zuì

有效，只有 用 過 的 人 才 知道 了。
yǒuxiào　zhǐyǒu yòngguò de rén cái zhīdào le

譯 文：yìwén

Pedagang untuk dapat dengan lancar memperkenalankan barang

dagangannya, harus mengerti kecenderungan tren, karena dengan seperti ini baru dapat meraih kesempatan menghasilkan uang. Sekarang, kebanyakan orang merasa kurus barulah menarik, maka di pasaran mucullah cara menguruskan badan yang beraneka ragam, dan juga menciptakan satu macam kacamata pengurus badan, lensa kacanya berwarna biru. Katanya warna biru bisa membuat makanan terlihat tidak enak dimakan, maka memakai kacamata macam ini, jumlah makanan yang dimakan akan menjadi lebih sedikit. Masih ada orang yang menciptakan mangkuk pengurus badan, di dalam mangkuk ada cermin, maka hanya akan mengisi nasi setengah mangkuk, maka setelah memakan dua mangkuk sebenarnya hanya satu mangkuk. Masih ada yang lain seperti sandal pengurus badan, bangku pengurus badan, permen pengurus badan dan lain-lainnya, sebegitu banyak produk pengurus badan sebenarnya yang mana paling efektif, hanyalah orang yang pernah menggunakannya yang tahu.

生詞 shēngcí　Kosakata

1.	五花八門	wǔ huā bā mén	Beraneka ragam, Banyak macam
2.	事物	shìwù	Barang, hal
3.	五花	wǔhuā	Unsur formasi
4.	軍隊	jūnduì	Pasukan tentara

5.	作戰	zuòzhàn	Perang, Menjalankan operasi militer
6.	陣法	zhènfǎ	Formasi siasat
7.	隊形	duìxíng	Formasi
8.	變化	biànhuà	Berubah, Perubahan
9.	生意人	shēnyìrén	Pedagang, Pebisnis
10.	順利	shùnlì	Lancar
11.	推出	tuīchū	Mengenalkan
12.	趨勢	qūshì	Kecenderungan, Tren
13.	抓住	zhuāzhù	Meraih, Menangkap
14.	賺錢	zhuànqián	Menghasilkan uang
15.	瘦	shòu	Kurus, Ramping
16.	發明	fāmíng	Menciptakan
17.	減肥	jiǎnféi	Menguruskan badan, Menurunkan berat badan
18.	眼鏡	yǎnjìng	Kacamata
19.	鏡片	jìngpiàn	Lensa, Kaca lensa
20.	食量	shíliàng	Konsumsi makanan, Jumlah makanan yang dimakan, Takaran makanan
21.	拖鞋	tuōxié	Sandal
22.	用品	yòngpǐn	Peralatan, Barang, Benda

6 【七上八下】 [1]
qī shàng bā xià

Bagian dasar kalimat	Arti tambahan	Contoh
Kata sifat	+/-	心裡七上八下

解釋：jiěshì

形容 非常 緊張、很 擔心 的 樣子。完整 的 說法 是
xíngróng fēicháng jǐngzhāng hěn dānxīn de yàngzi wánzhěng de shuōfǎ shì

「十五個 吊桶[2] 打水，七 上 八 下」，指 心 跳得 很 快，
shíwǔge diàotǒng dǎshuǐ qī shàng bā xià zhǐ xīn tiàode hěn kuài

噗 嗵 噗 嗵 上下 跳動，就 像 十五個 掛著 的 水 桶，
pū tōng pū tōng shàngxià tào dòng jiù xiàng shíwǔge guàzhe de shuǐ tǒng

有 的 高，有 的 低，上 下 晃 動[3]，不 能 平靜。
yǒu de gāo yǒu de dī shàngxià huàngdòng bù néng píngjìng

Penjelasan/Definisi: Menggambarkan terlihat sangat gelisah dan sangat cemas. Ekspresi keseluruhannya adalah "menimba lima belas ember, naik tujuh kali turun delapan kali", tertuju kepada jantung melompat dengan sangat cepat, berdenyut dagdigdug, seperti bergantung lima belas ember, ada yang tinggi dan ada yang rendah, berguncang ke atas ke bawah, tidak tenang.

　　小李 有 一 天 加班[4] 到 很 晚，深夜[5] 十一 點 才 搭 最後
　　Xiǎo Lǐ yǒu yì tiān jiābān dào hěn wǎn shēnyè shí yī diǎn cái dā zuìhòu

一班 公車 回家。因爲 實在 太 累，所以 就 在 車 上 睡著
yì bān gōngchē huíjiā yīnwèi shízài tài lèi suǒyǐ jiù zài chēshàng shuìzháo

了。不久 之後 他 醒
le bùjiǔ zhīhòu tā xǐng

了，發現 車子 在 一條
le fāxiàn chēzi zài yìtiáo

隧道[6] 裡 停 了 下來，
suìdào lǐ tíng le xiàlái

而且 車 上 的 乘客[7]
érqiě chēshàng de chéngkè

少 了 一半。他 想 起
shǎo le yíbàn tā xiǎngqǐ

有 關於 這 條 隧道
yǒu guānyú zhè tiáo suìdào

的 恐怖 故事，心 裡
de kǒngbù gùshì xīn lǐ

覺得 很 害怕，所以
juéde hěn hàipà suǒyǐ

趕快[8] 把 眼睛 又 閉
gǎnkuài bǎ yǎnjīng yòu bì

了 起來。
le qǐlái

　過 了一會兒，他 把 眼睛 張 開，發現 車子 還 停在
guò le yìhuǐr tā bǎ yǎnjīng zhāngkāi fāxiàn chēzi hái tíngzài

隧道裡，而且 乘客 都 不見 了，他的 心裡 七 上 八 下
suìdàolǐ érqiě chéngkè dōu bújiàn le tā de xīnlǐ qī shàng bā xià

的，不 知道 到底 發生 了 什麼 事。突然，公車司機[9] 離開
de bù zhīdào dàodǐ fāshēng le shénme shì túrán gōngchēsījī líkāi

座位 向 他 走來， 手上 還 拿了一支 螺絲起子[10]，
zuòwèi xiàng tā zǒu lái shǒushàng hái nále yìzhī luósīqǐzi

表情[11] 看起來 很 生氣。小李 嚇得 臉色 發白[12]， 正 準備
biǎoqíng kànqǐlái hěn shēngqì Xiǎo Lǐ xiàde liǎnsè fābái zhèng zhǔnbèi

要 大叫 時，公車 司機 開口 說 話 了：「年輕人，車子
yào dàjiào shí gōngchē sījī kāikǒu shuōhuà le niánqīngrén chēzi

拋錨[13] 了，大家 都 下去 推[14]車，你 還 想 裝[15] 睡 到 什麼
pāomáo le dàjiā dōu xiàqù tuīchē nǐ hái xiǎng zhuāng shuì dào shénme

時候！」
shíhòu

譯文：yìwén

　　Suatu hari Xiao Li berkerja lembur sampai malam, jam sebelas
tengah malam baru naik bis terakhir pulang ke rumah. Karena benar-
benar terlalu lelah, maka senaiknya dia ke bis langsung tertidur. Tidak

lama dia terbangun, menyadari bis terhenti di dalam suatu terowongan, dan penumpang di dalam bis berkurang setengahnya. Dia teringat sebuah cerita yang menyeramkan tentang terowongan ini, dalam hati merasa takut, maka segera memejamkan matanya lagi.

Setelah sesaat kemudian, dia membuka matanya, menyadari bis masih terhenti di dalam terowongan, dan tidak terlihat seorang penumpang pun, hatinya gelisah dan binggung, tidak tahu apa yang sebenarnya terjadi. Tiba-tiba, supir bis meninggalkan tempat duduk dan berjalan ke arahnya, tangan memegang sebuah obeng, ekspresi mukanya terlihat sangat marah. Xiao Li terkejut mukanya memucat, saat sedang bersiap untuk berteriak, supir bis berkata: "Anak muda, bis mogok, semua orang sudah turun mendorong mobil, kamu masih mau berpura-pura tidur sampai kapan!".

生詞 shēngcí Kosakata

1.	七上八下	qī shàng bā xià	Gelisah dan binggung
2.	吊桶	diàotǒng	Ember timba
3.	晃動	huàngdòng	Berguncang, Berdenyut
4.	加班	jiābān	Kerja lembur
5.	深夜	shēnyè	Tengah malam

6.	隧道	suìdào	Terowongan
7.	乘客	chéngkè	Penumpang
8.	趕快	gǎnkuài	Segera, Lekas
9.	司機	sījī	Supir
10.	螺絲起子	luósīqǐzi	Obeng bintang
11.	表情	biǎoqíng	Ekspresi, Raut wajah
12.	臉色發白	liǎnsè fābái	Muka memucat
13.	拋錨	pāomáo	Mogok
14.	推	tuī	Mendorong
15.	裝	zhuāng	Berpura-pura

⑦【一言九鼎】[1]
yì yán jiǔ dǐng

Bagian dasar kalimat	Arti tambahan	Contoh
Kata sifat	+	他是一言九鼎的人

解釋：jiěshì

鼎[2] 是 古代[3] 用 青銅[4] 所做 的 大鍋子[5]，重量[6] 很 重，
dǐng shì gǔdài yòng qīngtóng suǒzuò de dàguōzi zhòngliàng hěn zhòng

不容易 搬動。而 一 言 九 鼎 乃是 形容 一句 話 的 分量[7]
bù róngyì bāndòng ér yì yán jiǔ dǐng nǎishì xíngróng yíjù huà de fènliàng

像 九個 鼎 那麼 重，用來 比喻 說話 很 有 分量，
xiàng jiǔge dǐng nàme zhòng yònglái bǐyù shuōhuà hěn yǒu fènliàng

具有 影 響 力，也 可以 用來 表示 說話 很 有 信用[8]。
jù yǒu yǐngxiǎng lì yě kěyǐ yònglái biǎoshì shuōhuà hěn yǒu xìnyòng

Penjelasan/Definisi: Ting adalah cawan bejana yang terbuat dari perunggu pada jaman dahulu kala, beratnya sangatlah berat, tidak mudah untuk dipindahkan. Dan satu kata seberat sembilan Ting adalah menggambarkan beratnya satu kalimat perkataan, sangat mempunyai pengaruh, juga bisa digunakan untuk menyatakan perkataannya sangat dapat dipercaya.

例文：liwén

臺灣 的 王 永 慶 先 生 是 一位 成 功 的企業家[9]。
Táiwān de Wáng Yǒngqìng xiānshēng shì yíwèi chénggōng de qìyèjiā

西元 一 九 七 四 年， 王 先 生 所 經營[10] 的公司 爲了
xīyuán yī jiǔ qī sì nián Wáng xiānshēng suǒ jīngyíng de gōngsī wèile

得 到 更 多 的 資金[11]，所以 發行[12] 股票[13]。 沒 想到 正 好
dé dào gèng duō de zījīn suǒyǐ fāxíng gǔpiào méixiǎngdào zhènghǎo

碰 上[14] 了 石油危機[15]，很 多 人 怕 買 股票 投資[16] 會 賠錢[17]，
pèngshàng le shíyóuwéijī hěn duō rén pà mǎi gǔpiào tóuzī huì péiqián

所以 不敢 買。爲了 讓 大家 放心， 王 先 生 向 大家
suǒyǐ bùgǎn mǎi wèile ràng dàjiā fàngxīn Wáng xiānshēng xiàng dàjiā

宣布[18]，他 保 證 不會 讓 買 股票 的人 賠錢。過了 不久，
xuānbù tā bǎozhèng búhuì ràng mǎi gǔpiào de rén péiqián guò le bùjiǔ

股票 的 價格 還是 下跌 了， 王 先 生 依照 約定[19]，
gǔpiào de jiàgé háishì xiàdié le Wáng xiānshēng yīzhào yuēdìng

把 股票 價格 的 差額[20] 退給 買 股票 的人， 總 共 花了
bǎ gǔpiào jiàgé de chāé tuì gěi mǎi gǔpiào de rén zǒnggòng huāle

四千多萬。他 這 種 重視[21] 信用、說話 一 言 九 鼎
sìqiān duō wàn tā zhè zhǒng zhòngshì xìnyòng shuōhuà yì yán jiǔ dǐng

的 態度，讓 很 多人 都 非常 佩服[22]。
de tàidù ràng hěn duō rén dōu fēicháng pèifú

王 永 慶 先 生 曾 經 告訴 記者，做 生 意 最
Wáng Yǒngqìng xiānshēng céngjīng gàosù jìzhě zuò shēngyì zuì

重要 的就是 信用。有了信用，才能 和別人
zhòngyào　de jiù shì　xìnyòng　yǒu le xìnyòng　cáinéng　hàn biérén

競 爭 。「服務 周到[23]，信用 第一」是 他 的 原則[24]，他
jìngzhēng　　fúwù zhōudào　xìnyòng dìyī　shì tā de yuánzé　　tā

成 功 的建立 自己 的 企業王國，被 人們 稱 爲 臺灣
chénggōng　de jiànlì　zìjǐ　de qìyèwángguó　bèi rénmen　chēng wéi Táiwān

的「經營 之 神」。
de jīngyíng zhī shén

譯文：yìwén

　　Tuan Wang Yong Qing dari Taiwan adalah seorang pengusaha yang sukses pada tahun seribu sembilan ratus tujuh puluh empat, perusahaan yang dikelola oleh tuan Wang menerbitkan saham untuk mendapatkan dana yang lebih banyak lagi. Tidak disangka kebetulan bertemu dengan krisis minyak, banyak orang takut berinvestasi membeli saham akan rugi, jadi tidak berani membeli. Untuk membuat semuanya tenang, tuan Wang mengumumkan kepada semua orang, dia menjamin akan memberikan kompensasi, tidak akan membiarkan pembeli saham rugi. Tidak lama kemudian, harga saham tetap menurun, tuan Wang sesuai dengan janjinya, mengembalikan perbedaan harga saham kepada pembeli saham, menghabiskan total lebih dari empat juta NT. Cara dia yang seperti ini menghargai kepercayaan, sikap yang dapat dipegang perkataannya, membuat banyak orang sangat kagum.

Tuan Wang Yong Qing pernah memberitahu wartawan, yang paling penting dalam berbisnis adalah kepercayaan. Ada kepercayaan baru dapat bersaing dengan orang lain. "Kepercayaan dan pelayanan yang memuaskan nomor satu" adalah prinsip dia, dia berhasil mendirikan kerajaan perusahaannya sendiri, disebut oleh orang-orang sebagai "Dewa pengelola" Taiwan.

生詞 shēngcí Kosakata

1.	一言九鼎	yì yán jiǔ dǐng	Memegang janji, Memegang perkataan
2.	鼎	dǐng	Cawan bejana berkaki tiga jaman dahulu kala Tiongkok
3.	古代	gǔdài	Jaman dahulu
4.	青銅	qīngtóng	Perunggu
5.	大鍋子	dàguōzi	Cawan bejana
6.	重量	zhòngliàng	Berat
7.	分量	fènliàng	Porsi
8.	信用	xìnyòng	Kepercayaan
9.	企業家	qìyèjiā	Pengusaha
10.	經營	jīngyíng	Kelola, Mengelola

11.	資金	zījīn	Dana
12.	發行	fāxíng	Menerbitkan, Mengumunkan
13.	股票	gǔpiào	Saham
14.	碰上	pèngshàng	Bertemu, Mendapati
15.	石油危機	shíyóuwéijī	Krisis minyak
16.	投資	tóuzī	Berinvestasi, Investasi
17.	賠錢	péiqián	Kompensasi
18.	宣布	xuānbù	Mengumumkan
19.	約定	yuēdìng	Janji, Berjanji
20.	差額	chāé	Perbedaan (jumlah uang)
21.	重視	zhòngshì	Menghargai, Menghormati
22.	佩服	pèifú	Kagum, Dikagumi
23.	服務周到	fúwùzhōudào	Pelayan memuaskan
24.	原則	yuánzé	Prinsip, Kaidah

8 【十全十美】[1]
shí quán shí měi

Bagian dasar kalimat	Arti tambahan	Contoh
Kata sifat	+	這部作品十全十美

解釋：jiěshì

形 容 事物 非常 完美[2]，沒有 缺點[3]。
xíngróng shìwù fēicháng wánměi méiyǒu quēdiǎn

Penjelasan/Definisi: Menggambarkan suatu yang sangat sempurna, tidak ada kekurangan.

例文：lìwén

有 一位 中年[4] 男子，一直 找不到 合適[5] 的 女朋友，
yǒu yíwèi zhōngnián nánzǐ yìzhí zhǎobúdào héshì de nǔpéngyǒu

於是[6] 他 來到 了 一間 婚姻[7] 介紹所[8]。推開[9] 大門 進去 之 後，
yúshì tā láidào le yìjiān hūnyīn jièshàosuǒ tuīkāi dàmén jìnqù zhī hòu

他 看到 了 兩 扇[10] 門，一扇 門 上 寫著「美麗的」，另外
tā kàndào le liǎngshàn mén yíshàn mén shàng xiězhe měilì de lìng wài

一 扇 門 上 寫著「不太 美麗 的」。男子 推開 「美麗的」
yí shàn mén shàng xiězhe bú tài měilì de nánzǐ tuīkāi měilì de

這 扇 門，進去 之後 又 看見 兩扇 門，一扇 門 上
zhè shàn mén jìnqù zhīhòu yòu kànjiàn liǎngshàn mén yíshàn mén shàng

寫著「年輕 的」，另 一扇 門 上 寫著「不 太 年輕
xiězhe niánqīng de lìng yíshàn mén shàng xiězhe bú tài niánqīng

的」，男子 推開「年輕 的」這 扇 門。就 這樣，男子
de nánzǐ tuīkāi niánqīng de zhè shàn mén jiù zhèyàng nánzǐ

依照 他 的 理想，一路上 接連[11] 開了 九扇 門。當 他 打開
yīzhào tā de lǐxiǎng yílùshàng jiēlián kāile jiǔshàn mén dāng tā dǎkāi

最後 一扇 門 時，卻 發現 自己 已經 走到 了 出口，門 上
zuìhòu yíshàn mén shí què fāxiàn zìjǐ yǐjīng zǒudào le chūkǒu mén shàng

有 張 紙 寫著：「很 抱歉[12]！我們 無法[13] 為您 服務[14]，因為
yǒuzhāng zhǐ xiězhe hěn bàoqiàn wǒmen wúfǎ wèinín fúwù yīnwèi

這 世界 上 沒有 十 全 十 美 的 人。」
zhè shìjiè shàng méiyǒu shí quán shí měi de rén

譯文：yìwén

　　Ada seorang lelaki setengah baya, selalu tidak mendapat pacar yang cocok, maka dengan demikian dia datang ke sebuah agen pernikahan. Setelah masuk mendorong pintu utama, dia melihat dua daun pintu, satu bertuliskan "Yang cantik" , satunya lagi bertuliskan "Yang tidak terlalu cantik". Lelaki itu dorong membuka pintu "Yang cantik", setelah masuk melihat dua daun pintu lagi, satu bertuliskan "Yang muda", satunya lagi bertuliskan "Yang tidak terlalu muda", lelaki itu dorong membuka pintu "Yang muda". Dengan seperti ini, berdasarkan dengan idamannya, sepanjang jalan terus membuka sembilan pintu. Saat dia membuka daun pintu terakhir, namun menyadari dirinya telah berjalan sampai ke pintu keluar, di pintu tertulis selembar kertas yang berisi "Maaf, kami tidak dapat melayani anda, karena di dunia ini tidak ada orang yang sempurna".

生詞 shēngcí Kosakata

1.	十全十美	shí quán shí měi	Sempurna (dalam segala aspek)
2.	完美	wánměi	Sempurna
3.	缺點	quēdiǎn	Kekurangan
4.	中年	zhōngnián	Setengah baya, Separuh baya
5.	合適	héshì	Cocok
6.	於是	yúshì	Maka dengan demikian
7.	婚姻	hūnyīn	Pernikahan
8.	介紹所	jièshàosuǒ	Agen (pernikahan)
9.	推開	tuīkāi	Membuka dengan mendorong
10.	扇	shàn	(satuan kata untuk pintu) Daun pintu
11.	接連	jiēlián	Terus (menerus)
12.	抱歉	bàoqiàn	Maaf

13.	無法	wúfǎ	Tidak dapat
14.	服務	fúwù	Melayani, Pelayanan

⑨【千言萬語】[1]
qiān yán wàn yǔ

Bagian dasar kalimat	Arti tambahan	Contoh
Kata benda	+	說不出的千言萬語

解釋：jiěshì

一千句話 一萬句話[2]，形容 要 說 的 話 很多 很多。
yìqiānjù huà yíwànjù huà xíngróng yào shuō de huà hěnduō hěnduō

Penjelasan/Definisi: Seribu kata sepuluh ribu kalimat, menggambarkan yang mau dikatakan sangatlah banyak.

例文：lìwén

九月 二十八 日 是 教師節[3]。在 這一天，學生 會 寫
jiǔyuè èrshíbā rì shì jiàoshījié zài zhèyìtiān xuéshēng huì xiě

卡片[4] 給 他們 的 老師，表達 心 中 的 感謝[5]。小 明 準備
kǎpiàn gěi tāmen de lǎoshī biǎodá xīnzhōng de gǎnxiè Xiǎo Míng zhǔnbèi

了 一 張 小 卡片，要 送給 教 了 他 兩年 的 阿 芳 老師，
le yìzhāng xiǎo kǎpiàn yào sònggěi jiāo le tā liǎngnián de Ā Fāng lǎoshī

卡片 裡面 是 這樣 寫 的 ——
kǎpiàn lǐmiàn shì zhèyàng xiě de

親愛[6]的 阿芳 老師 您好：
qīnài　de Ā Fāng lǎoshī nínhǎo

謝謝 老師 平日 對 我 的 教導[7] 和 照顧，因為 您 認真
xièxie lǎoshī píngrì duì wǒ de jiàodǎo hàn zhàogù　yīnwèi nín rènzhēn

的 付出[8]，我 每天 都 很 快樂 的 學習。雖然 我 很 調皮[9]，
de fùchū　wǒ měitiān dōu hěn kuàilè de xuéxí　suīrán wǒ hěn tiáopí

可是 老師 總是 用 無比[10] 的 耐心 和 愛心[11] 來 包容[12]
kěshì lǎoshī zǒngshì yòng wúbǐ　de nàixīn hàn àixīn lái bāoróng

我。從 老師 的 身上，我 學到 了 很 多 做人 做事[13]
wǒ　cóng lǎoshī de shēnshàng　wǒ xuédào le hěn duō zuò rén zuò shì

的 道理[14]。我 對 老師 的 感謝，是 千 言 萬 語 也 說不完
de dàolǐ　wǒ duì lǎoshī de gǎnxiè　shì qiān yán wàn yǔ yě shuōbùwán

的。大家 都 說 「認真 的 女人 最 美麗」，在 這個 特別
de　dàjiā dōu shuō　rènzhēn de nǚrén zuì měilì　zài zhèige tèbié

的 日子 裡，我 要 祝 最 美麗 的 阿芳 老師，教師節
de rìzi lǐ　wǒ yào zhù zuì měilì de Ā Fāng lǎoshī　jiàoshījié

快樂。
kuàilè

學生 王 小 明 敬上[15]
xuéshēng Wáng Xiǎomíng jìngshàng

譯文：yìwén

Bulan sembilan tanggal dua puluh delapan adalah hari guru. Di hari ini, murid akan menulis kartu untuk mengutarakan apresiasi di dalam hati lalu diberikan kepada guru mereka. Xiao Ming menyiapkan sebuah kartu kecil, ingin diberikan kepada guru Afang yang telah mengajarnya selama dua tahun, dalam kartu tertuliskan seperti ini -----

Guru Afang tercinta apa kabar,

Terima kasih atas pengajaran dan perhatian yang biasanya diberikan kepada saya, karena pengorbanan besar yang Anda berikan, sehingga saya setiap hari dapat belajar dengan sangat bahagia. Biarpun saya sangat nakal, tapi engkau sebagai guru selalu dengan kesabaran dan cinta kasih yang tak tertandingi mentoleransi saya. Dari engkau, saya telah mempelajari banyak dalam menjadi orang dan mengerjakan hal. Terima kasih saya terhadap engkau tidak cukup diungkapan dalam seribu kata. Semua orang bilang "Wanita yang tekun paling cantik", di hari yang spesial ini, saya mau mengucapkan guru Afang yang paling cantik, selamat hari guru.

Tertanda,

Murid, Wang Xiao Ming

生詞
shēngcí

Kosakata

1.	千言萬語	qiān yán wàn yǔ	Beribu kata berpuluh ribu bahasa
2.	句話	jùhuà	Kalimat, Kata--kata
3.	教師節	jiàoshījié	Hari Guru
4.	卡片	kǎpiàn	Kartu ucapan
5.	感謝	gǎnxiè	Terima kasih, Apresiasi
6.	親愛	qīnài	Tercinta
7.	教導	jiàodǎo	Pengajaran, Arahan
8.	付出	fùchū	Pengorbanan
9.	調皮	tiáopí	Nakal
10.	無比	wúbǐ	Tidak tertandingi
11.	愛心	àixīn	Cinta kasih
12.	包容	bāoróng	Toleransi, Pengampunan
13.	做人做事	zuò rén zuò shì	Menjadi orang dan melakukan hal
14.	道理	dàolǐ	Asas, Prinsip, Alasan
15.	敬上	jìngshàng	Tertanda

⑩【讀萬卷書行萬里路】[1]
dú wàn juàn shū xíng wàn lǐ lù

Bagian dasar kalimat	Arti tambahan	Contoh
Frase	+	當學生既要讀萬卷書，也要行萬里路。

解釋：jiěshì

字面上 的 解釋 是 讀 很多 的 書，走 很 多 的 路。這句話
zìmiànshàng de jiěshì shì dú hěnduō de shū zǒu hěnduō de lù zhèjùhuà

通 常 用來 鼓勵[2] 人：一方面 要 多 讀書，一方面[3] 要 多
tōngcháng yònglái gǔlì rén yìfāngmiàn yào duō dúshū yìfāngmiàn yào duō

出去 見識[4] 外面 的 世界，讓 自己 不但 有 充足[5] 的 知識，
chūqù jiànshì wàimiàn de shìjiè ràng zìjǐ búdàn yǒu chōngzú de zhīshì

還有[6] 豐富 的 生活[7] 經驗。
háiyǒu fēngfù de shēnghuó jīngyàn

Penjelasan/Definisi: Arti kata sebenarnya adalah menjelaskan membaca buku yang banyak, menempuh perjalanan yang banyak. Kalimat ini sering kali untuk mendorong orang, satu sisi harus banyak membaca, pada sisi lainnya harus memperluas wawasan dunia luar, membuat diri sendiri tidak hanya ada pengetahuan yang cukup, dan juga memperkaya pengalaman hidup.

　　小 英 去年 暑假[8] 去 紐西蘭 遊學[9]。和 一般 遊學 不
　　Xiǎo Yīng qùnián shǔjià　qù Niǔxīlán yóuxué　hàn yìbān yóuxué bù

一樣 的 是，她 除了 去 讀書 之外[10]，還在 學校 附近 的
yíyàng de shì　tā chúle qù dúshū zhīwài　hái zài xuéxiào fùjìn de

餐廳 工作，這 就 是 現在 很 流行 的 打工[11] 遊學。 小 英
cāntīng gōngzuò　zhè jiù shì xiànzài hěn liúxíng de dǎgōng yóuxué　Xiǎo Yīng

到 餐廳 打工 雖然 賺 的 錢 不多，可是[12] 她 學到 很 多
dào cāntīng dǎgōng suīrán zhuàn de qián bùduō　kěshì　tā xuédào hěn duō

東西。例如[13] 在 幫 客人 點 餐 的 時候，她 可以 練習 說
dōngxī　lìrú　zài bāng kèrén diǎn cān de shíhòu　tā kěyǐ liànxí shuō

英語；在 為 客 人 服務 的 時候，她 可以 學到 西餐[14] 的
yīngyǔ　zài wèi kè rén fúwù de shíhòu　tā kěyǐ xuédào xīcān　de

用 餐 禮儀[15]。除 此 之 外， 小 英 在 餐廳裡 認識 了 許多
yòngcān lǐyí　chú cǐ zhī wài Xiǎo Yīng zài cāntīnglǐ rènshì le xǔduō

當地 的 朋友，所以 她 對 紐西蘭 的 文化[16] 和 風俗 習慣[17] 就
dāngdì de péngyǒu suǒyǐ tā duì Niǔxīlán de wénhuà hàn fēngsú xíguàn jiù

更 清楚 了。
gèng qīngchǔ le

　　以前 的 人 覺得 讀書 就 是 要 專心[18] 在 學校 上課，
　　yǐqián de rén juéde dúshū jiù shì yào zhuānxīn zài xuéxiào shàngkè

可是 現在 大家 的 想法[19] 不同 了。讀 萬 卷 書 行 萬 里
kěshì xiànzài dàijiā de xiǎngfǎ bùtóng le　dú wàn juàn shū xíng wàn lǐ

路，除 了 擁 有 書 本 裡 的 知識，還要 多 接觸[20] 外 面 的
lù chú le yǒngyǒu shūbǐnlǐ de zhīshì háiyào duō jiēchù wàimiàn de

世界，才 能 眞的 成 爲 一個 有 學問 的 人。
shìjiè cái néng zhēnde chéngwéi yíge yǒu xuéwèn de rén

譯 文： yìwén

　　Xiao Ying liburan musim panas tahun lalu pergi studi tur ke Selandia Baru. Yang berbeda dari studi tur biasanya adalah dia selain belajar, juga bekerja di restoran di dekat sekolah, ini adalah studi tur kerja sambilan yang sedang sangat tren sekarang ini. Biarpun Xiao Ying bekerja sambilan di restoran tidak menghasilkan uang yang banyak, tapi dia mempelajari banyak hal. Contohnya saat mencatat pesanan tamu, dia bisa latihan berbicara Inggris, saat melayani tamu, dia bisa mempelajari etika makan makanan barat. Selain ini, Xiao Ying di restoran berkenalan dengan teman lokal, jadi dia lebih jelas akan budaya dan adat istiadat Selandia Baru.

　　Dulu orang merasa sekolah harus fokus belajar di sekolah, tapi sekarang pemikiran semua orang sudah tidak sama. Untuk mendapat kebijaksanaan tidak cukup dengan membaca buku, selain mempunyai pengetahuan dalam buku, juga harus berhubungan dengan dunia luar, baru dapat benar-benar menjadi seorang yang terpelajar.

生詞 shēngcí **Kosakata**

1.	讀萬卷書 行萬里路	dú wàn juàn shū xíng wàn lǐ lù	Membaca puluhan ribu buku, menempuh perjalanan berpuluh ribu kilo
2.	鼓勵	gǔlì	Mendorong, Menyemangati
3.	一方面… 一方面…	yìfāngmiàn... yìfāngmiàn...	Satu sisi…pada sisi lainnya
4.	見識	jiànshì	Pengalaman, Pengetahuan
5.	充足	chōngzú	Cukup, Mencukupi
6.	不但…還 有…	búdàn...háiyǒu...	Tidak hanya...dan juga
7.	生活	shēnghuó	Hidup, Kehidupan
8.	暑假	shǔjià	Liburan musim panas
9.	遊學	yóuxué	Studi tur
10.	除了…之 外…	chúle...zhīwài...	Selain...
11.	打工	dǎgōng	Kerja sambilan
12.	雖然…可 是…	suīrán... kěshì...	Biarpun..tapi...
13.	例如	lìrú	Contoh (nya)

14.	西餐	xīcān	Makanan barat
15.	用餐禮儀	yòngcān lǐyí	Etika makan
16.	文化	wénhuà	Budaya
17.	風俗習慣	fēngsú xíguàn	Adat istiadat
18.	專心	zhuānxīn	Fokus
19.	想法	xiǎngfǎ	Pemikiran
20.	接觸	jiēchù	Berhubungan (dengan...), Berinteraksi

自然篇

1 【久旱逢甘霖】[1]
jiǔ hàn féng gān lín

Bagian dasar kalimat	Arti tambahan	Contoh
Kata benda	+	真是久旱逢甘霖

解釋：jiěshì

乾旱[2] 很久 的 地方，終於 下 了 一 場 雨。 形 容 盼望[3] 了
gānhàn hěnjiǔ de dìfāng zhōngyú xià le yìchǎng yǔ xíngróng pànwàng le

很久 的 事情， 終 於 實現[4] 了。
hěnjiǔ de shìqíng zhōngyú shíxiàn le

Penjelasan/Definisi: Di tempat kemarau yang panjang, akhirnya turun hujan. Menggambarkan hal yang telah lama dinanti-nanti, akhirnya terkabul.

例文：lìwén

火 旺 伯 是 一位 在 山裡頭 種茶[5] 的 農夫。 原本 他
Huǒwàng bó shì yíwèi zài shānlǐtou zhòngchá de nóngfū yuánběn tā

和 一般[6] 的 農夫 一樣， 使用 農藥[7] 來 消滅 茶園裡 的
hàn yìbān de nóngfū yíyàng shǐyòng nóngyào lái xiāomiè cháyuánlǐ de

害蟲[8]。後來 他 發現， 使用 農藥 不但 會 污染[9] 自然
hàichóng hòulái tā fāxiàn shǐyòng nóngyào búdàn huì wūrǎn zìrán

環境，而且 還會 傷害 自己 的 身體，所以 他 決定 不再
huánjìng érqiě hái huì shānghài zìjǐ de shēntǐ suǒyǐ tā juédìng bú zài

使用 農藥。可是，自從 不用 農藥 之後，茶園裡 的
shǐyòng nóngyào kěshì zìcóng búyòng nóngyào zhīhòu cháyuánlǐ de

蟲 越 來 越 多，茶葉 的 產 量[10] 也 變 少 了。雖然 收入
chóng yuè lái yuè duō cháyè de chǎnliàng yě biàn shǎo le suīrán shōurù

受 到 影 響 ，但是
shòudào yǐngxiǎng dànshì

火 旺 伯 仍然 堅持[11]
Huǒwàng bó réngrán jiānchí

他 的 做法[12]。
tā de zuòfǎ

就 在 火 旺 伯 快
jiù zài Huǒwàng bó kuài

要 花 光 他 的 存款[13]
yào huāguāng tā de cúnkuǎn

時， 他 接 到 了 一筆
shí tā jiēdào le yìbǐ

重 要 的 生意。原來
zhòngyào de shēngyì yuánlái

是 有 一 個 茶 館，
shì yǒu yíge cháguǎn

決定 販賣 不用 農 藥 的 健康 茶葉，他們 願意[14]
juédìng fànmài búyòng nóng yào de jiànkāng cháyè tāmen yuànyì

用 較高 的 價格 來 買 火 旺 伯的 茶葉。這 筆 錢 對於
yòng jiàogāo de jiàgé lái mǎi Huǒwàng bó de cháyè zhè bǐ qián duìyú

火 旺 伯來說，就 像 是 久 旱 逢 甘 霖 一樣 ，解決了 他
Huǒwàng bó láishuō jiù xiàng shì jiǔ hàn féng gān lín yíyàng jiějuéle tā

經濟上[15] 的 困難，也 讓 火 旺 伯 更 有 信心，繼續 做
jīngjìshàng de kùnnán yě ràng Huǒwàng bó gèng yǒu xìnxīn jìxù zuò

個 向 農藥 說「不」的 快樂 農夫。
ge xiàng nóngyào shuō bù de kuàilè nóngfū

譯文：yìwén

　　Huo Wang Bo adalah seorang petani penanam teh di pegunungan. Awalnya dia sama seperti petani biasanya, menggunakan pestisida untuk membasmi hama di kebun teh. Kemudian dia menyadari, menggunakan pestisida tidak hanya dapat mempolusi lingkungan alam, dan juga dapat merugikan tubuhnya sendiri, maka dia memutuskan tidak menggunakan pestisida lagi. Tapi, setelah sejak dari tidak menggunakan pestisida, hama di kebun teh menjadi bertambah banyak, hasil produksi teh juga menjadi berkurang. Biarpun pemasukan mengalami dampak, Huo Wang Bo tetap mempertahankan cara kerjanya.

　　Tepat di saat Huo Wang Bo hampir menghabiskan tabungannya, dia mendapatkan satu bisnis yang besar, ternyata ada sebuah toko teh memutuskan untuk menjual teh sehat yang tidak menggunakan pestisida, mereka bersedia dengan harga yang lebih tinggi membeli teh Huo Wang Bo. Jumlah uang ini untuk Huo Wang Bo, sama seperti hujan turun setelah kemarau yang panjang, memecahkan kesulitan ekonominya, juga membuat Huo Wang Bo tambah percaya diri, melanjutkan menjadi petani bahagia yang mengatakan "Tidak" kepada pestisida.

生詞 shēngcí　Kosakata

1.	久旱逢甘霖	jiǔ hàn féng gān lín	Hujan turun setelah kemarau panjang, Hal yang telah lama dinanti
2.	乾旱	gānhàn	Kemarau
3.	盼望	pànwàng	Menanti, Dinanti, Diharapkan
4.	實現	shíxiàn	Terkabulkan, Tercapai
5.	種茶	zhòngchá	Menanam teh
6.	一般	yìbān	Biasanya, Umumnya
7.	農藥	nóngyào	Pestisida
8.	害蟲	hàichóng	Hama
9.	污染	wūrǎn	Polusi
10.	產量	chǎnliàng	Hasil produksi

11.	堅持	jiānchí	Bertahan
12.	做法	zuòfǎ	Cara kerja
13.	存款	cúnkuǎn	Tabungan bank
14.	願意	yuànyì	Bersedia
15.	經濟上	jīngjìshàng	Secara finasial, Keuangan

② 【拈花惹草】[1]
niǎn huā rě cǎo

Bagian dasar kalimat	Arti tambahan	Contoh
Kata kerja	-	到處拈花惹草

形　容　男人　到處　留情[2]、勾引[3] 女人，就　好　像　隨意的
xíngróng nánrén dàochù liúqíng　gōuyǐn nǚrén　jiù　hǎoxiàng　suíyì de

摘取[4] 路旁 美麗 的 花草 一樣。
zhāiqǔ lùpáng měilì de huācǎo yíyàng

Penjelasan/Definisi: Menggambarkan lelaki menaruh perasaan dan memikat wanita dimana-mana, sama seperti sehendak hati memetik bunga cantik dan rumput di pinggir jalan saja.

有　一首　國語 老歌 是　這麼　唱　的：「送　你　送　到
yǒu　yìshǒu guóyǔ lǎogē shì zhème chàng de　sòng　nǐ sòng dào

小 城 外　，有 句 話兒 要 交代[5]。雖然 已經 是 百花 開，
xiǎochéngwài　yǒu jù huàér yào jiāodài suīrán yǐjīng shì bǎihuā kāi

路邊 的 野花 你 不要 採。」歌詞裡 描寫 年輕 的 姑娘
lùbiān de yěhuā nǐ búyào cǎi　　gēcílǐ miáoxiě niánqīng de gūniáng

提醒 外出 的 情郎[6]，不要 愛上 別 的 女孩子。這首 歌 讓
tíxǐng wàichū de qíngláng　búyào àishàng bié de nǚháizi　zhèshǒu gē ràng

女朋友 來 唱 ，聽起來 像 是 溫柔 的 叮嚀[7]，要 是
nǚpéngyǒu lái chàng　tīngqǐlái xiàng shì wēnróu de dīngníng　yào shì

換 成 老婆 來 唱，那 可 就是 一種 嚴重 的 警告
huànchéng lǎopó lái chàng　nà kě jiùshì yìzhǒng yánzhòng de jǐnggào

喔！因為 已經 結婚 的 男人，如果 還 四處 拈 花 惹 草 的
ō　yīnwèi yǐjīng jiéhūn de nánrén　rúguǒ hái sìchù niǎn huā rě cǎo de

話，不只 會 破壞 家庭 的 幸福，還 有 可能 付出 更 大 的
huà　bùzhǐ huì pòhuài jiātíng de xìngfú　hái yǒu kěnéng fùchū gèng dà de

代價[8]。
dàijià

　　　不管 是 世界 頂尖[9] 的 運動 員[10]，還 是 高高 在 上
　　　bùguǎn shì shìjiè dǐngjiān de yùndòng yuán　hái shì gāogāo zài shàng

的 政治[11] 人物[12]，如果 被 發現 有 婚外情[13]，形 象[14] 立刻[15]
de zhèngzhì rénwù　rúguǒ bèi fāxiàn yǒu hūnwàiqíng　xíngxiàng lìkè

會 大 打 折扣，而 原本 擁有 的 財富 和 地位，也 有
huì dà dǎ zhékòu ér yuánběn yōngyǒu de cáifù hàn dìwèi　yě yǒu

可能 一 夕 之 間[16] 消失。所以，路邊 的 野花 眞的 別 亂 採
kěnéng yí xì zhī jiān xiāoshī suǒyǐ　lùbiān de yěhuā zhēnde bié luàn cǎi

才好。
cáihǎo

譯文：yìwén

　　Ada sebuah lagu Tiongkok lama bernyanyikan seperti ini: "Mengantarmu sampai keluar kota kecil, ada kalimat yang ingin disampaikan. Biarpun sudah ratusan bunga mekar, bunga liar di pinggir jalan jangan kau petik." di dalam lirik lagu menggambarkan gadis muda yang mengingatkan kekasih pria yang berpergian, jangan jatuh cinta kepada gadis lain. Lagu ini jika dinyanyikan oleh seorang gadis terdengar seperti peringatan lembut, tapi jika ganti dinyanyikan oleh seorang istri, itu akan menjadi semacam peringatan yang berat loh! Karena lelaki yang sudah menikah, kalau masih menggoda wanita dimana-mana, tidak hanya akan merusak kebahagiaan rumah tangga, dan juga masih mungkin membayar harga yang lebih dari itu.

　　Tidak peduli olahragawan paling ulung, atau figur tertinggi politikus, kalau didapati skandal di luar pernikahan, citranya akan langsung terpukul keras, dan juga yang telah memiliki kekayaan dan kedudukan, ada kemungkinan hilang dalam sekejap. Maka, bunga liar di pinggir jalan benar-benar lebih baik jangan sembarang dipetik.

生詞
shēngcí

Kosakata

1.	拈花惹草	niǎn huā rě cǎo	Mempunyai banyak percintaan dimana-mana
2.	留情	liúqíng	Menaruh perasaan, Mempunyai perasaan
3.	勾引	gōuyǐn	Memikat, Menggoda
4.	摘取	zhāiqǔ	Memetik
5.	交代	jiāodài	Menyampaikan, Memesan
6.	情郎	qíngláng	Kekasih, Pasangan lelaki (pacar)
7.	叮嚀	dīngníng	Peringatan
8.	代價	dàijià	Harga (yang harus dibayar)
9.	頂尖	dǐngjiān	Ulung
10.	運動員	yùndòngyuán	Olahragawan
11.	政治	zhèngzhì	Politik
12.	人物	rénwù	Figur
13.	婚外情	hūnwàiqíng	Skandal pernikahan, Percintaan di luar
14.	形象	xíngxiàng	Citra
15.	立刻	lìkè	Segera, Langsung, Sekaligus
16.	一夕之間	yí xì zhī jiān	Dalam semalam, Dalam sekejap

③【撥雲見日】[1]
bō yún jiàn rì

Bagian dasar kalimat	Arti tambahan	Contoh
Kata kerja / kata benda	+	終於撥雲見日

撥開[2] 雲霧[3]，看見 太陽。 用來 指 心 中 的 疑惑[4] 得到
bōkāi yúnwù kànjiàn tàiyáng yònglái zhǐ xīnzhōng de yíhuò dédào

解答[5]，或是 形 容 原 本 進 行 不 順利[6] 的 事情 開始 好
jiědá huòshì xíngróng yuánběn jìnxíng bú shùnlì de shìqíng kāishǐ hǎo

轉 。
zhuǎn

Penjelasan/Definisi: Menepis awan, melihat matahari. Digunakan tertuju untuk mendapatkan jawaban dikeraguan dalam hati, atau menggambarkan hal yang awalnya berjalan dengan tidak mulus mulai membaik.

「Mr. Brain」是 最近[7] 的 一部 日本 連續劇[8]，劇中[9] 的
shì zuìjìn de yíbù rìběn liánxùjù jùzhōng de

男主角[10]——九十九 先 生，是 一名 研究[11] 腦部 科學[12] 的
nánzhǔjiǎo　　　　Jiǔshíjiǔ xiānshēng　shì yìmíng yánjiù　nǎobù kēxué　de

研究員[13]，負責[14] 幫 警察 分析[15] 歹徒[16] 的 心理 狀 態[17]。在
yánjiùyuán　fùzé bāng jǐngchá fēnxī dǎitú de xīnlǐ zhuàngtài zài

他 的 協助[18] 下，許多 原本 無法 破案[19] 的 犯罪[20] 事件[21]，
tā de xiézhù xià xǔduō yuánběn wúfǎ pòàn de fànzuì shìjiàn

終 於 撥雲見日，抓 到 兇 手。和 傳 統[22] 的 推理劇[23]
zhōngyú bō yún jiàn rì　zhuā dào xiōng shǒu　hàn chuántǒng de　tuīlǐjù

比較 起來，「Mr. Brain」強調 的 不只是 敏銳[24] 的 觀察力[25]，
bǐjiào qǐlái　　　　　qiángdiào de bùzhǐ shì mǐnruì de guānchálì

還 利用 了 許多 腦部 科學 的 理論[26] 來 辦案[27]，所以 引 起 了
hái lìyòng le xǔduō nǎobù kēxué de lǐlùn lái bànàn suǒ yǐ yǐn qǐ le

廣泛[28] 的 討論。
guǎngfàn de tǎolùn

戲裡[29] 曾 經 提到 了 幾則 有趣 的 大腦 知識，例如：
xìlǐ céngjīng tídào le jǐzé yǒuqù de dànǎo zhīshì lìrú

人類[30] 是 用 右腦來 判別[31] 男 生 或 女 生 的，所以 如果
rénlèi shì yòng yòunǎo lái pànbié nánshēng huò nǚshēng de suǒyǐ rúguǒ

想 要 吸引 異性[32] 的 注意[33]，一定 要 站在 他 的 左邊；
xiǎng yào xīyǐn yìxìng de zhùyì yídìng yào zhànzài tā de zuǒbiān

還有，人 在 說 謊[34] 時，眼睛 會 不自覺[35] 的 向 右上角
háiyǒu rén zài shuōhuǎng shí yǎnjīng huì bú zìjué de xiàng yòushàngjiǎo

瞄[36]…… 等 等 。 正 因為「Mr. Brain」以 生 動[37] 的 劇情[38]
miáo dèngdèng zhèng yīnwèi yǐ shēngdòng de jùqíng

來 介紹 腦部 科學，所以 才 會 如此 令 人[39] 印 象 深刻[40]。
lái jièshào nǎobù kēxué　suǒyǐ cái huì　rúcǐ　lìng rén　yìnxiàng　shēnkè

譯 文：yìwén

　　"Mr.Brain" adalah sebuah pilem serian jepang yang akhir-akhir ini ada, pemeran utama pria di dalam cerita --- Sembilan Puluh Sembilan, adalah seorang peneliti ilmu pengetahuan bagian otak, bertanggung jawab membantu polisi menganalisa kondisi kejiwaan penjahat. Di bawah bantuannya, banyak kasus peristiwa kejahatan kriminal yang tidak dapat terpecahkan akhirnya mendapat pencerahan, pembunuhnya tertangkap. Dibandingkan dengan drama detektif yang biasanya "Mr. Brain" tidak hanya menekankan pengamatan yang tajam, dan juga menggunakan begitu banyak teori ilmu pengetahuan bagian otak untuk menangani kasus, maka itu menjadi perbincangan masyarakat.

　　Di dalam pilem pernah menyebut beberapa pengetahuan yang menarik tentang otak besar, contohnya: Manusia menggunakan otak kanan untuk membedakan lelaki atau wanita, maka jika ingin menarik perhatian lawan jenis, harus berdiri di kiri mereka, dan juga, saat orang sedang berbohong, matanya akan dengan secara tidak sadar melirik ke arah kanan atas… dan lain-lain. Karena "Mr.Brain" dengan alur cerita yang cemerlang memperkenalkan ilmu pengetahuan otak, maka dari itu dapat meninggalkan kesan yang begitu mendalam bagi semua orang.

生詞
shēngcí

Kosakata

1.	撥雲見日	bō yún jiàn rì	Menepis awan terlihat matahari, Mendapat pencerahan
2.	撥開	bōkāi	Menepis
3.	雲霧	yúnwù	Awan
4.	疑惑	yíhuò	Keraguan
5.	解答	jiědá	Jawaban, Penjelasan
6.	順利	shùnlì	Lancar
7.	最近	zuìjìn	Akhir-akhir ini
8.	連續劇	liánxùjù	Pilem serian
9.	劇中	jùzhōng	Di dalam cerita
10.	男主角	nánzhǔjiǎo	Pemeran utama pria
11.	研究	yánjiù	Meneliti
12.	科學	kēxué	Ilmu pengetahuan
13.	研究員	yánjiùyuán	Peneliti
14.	負責	fùzé	Bertanggung jawab (atas sesuatu pekerjaan atau hal)
15.	分析	fēnxī	Analisa

16.	歹徒	dǎitú	Penjahat, Bandit
17.	心理狀態	xīnlǐzhuàngtài	Kondisi kejiwaan
18.	協助	xiézhù	Bantuan, Pertolongan
19.	破案	pòàn	Memecahkan kasus
20.	犯罪	fànzuì	Melakukan kejahatan kriminal
21.	事件	shìjiàn	Kejadian, Hal
22.	傳統	chuántǒng	Tradisional
23.	推理劇	tuīlǐjù	Drama detektif
24.	敏銳	mǐnruì	Tajam, Akut
25.	觀察力	guānchálì	Pengamatan, Observasi
26.	理論	lǐlùn	Teori
27.	辦案	bànàn	Menangani kasus
28.	廣泛	guǎngfàn	Secara luas, Luas
29.	戲裡	xìlǐ	Di dalam cerita, Di dalam pilem
30.	人類	rénlèi	Manusia
31.	判別	pànbié	Membedakan
32.	異性	yìxìng	Lawan jenis
33.	注意	zhùyì	Perhatikan, Memperhatikan
34.	說謊	shuōhuǎng	Berbohong
35.	不自覺	búzìjué	Dengan secara tidak sadar

36.	瞄	miáo	Melirik, Mendelik
37.	生動	shēngdòng	Berwarna, Cemerlang, Hidup
38.	劇情	jùqíng	Alur cerita
39.	令人	lìngrén	Membuat orang (merasakan sesuatu)
40.	深刻	shēnkè	Mendalam

24 【眾 星 拱 月】[1]
zhòng xīng gǒng yuè

Bagian dasar kalimat	Arti tambahan	Contoh
Kata benda	+	像是眾星拱月一般

天 上 許多的 星星 環繞[2] 著 月亮。 用 來 比喻許多人
tiānshàng xǔduō de xīngxing huánrào zhe yuèliàng yòng lái bǐyù xǔduō rén

一起 圍繞[3] 擁護[4] 著 一個人。
yìqǐ wéirào yǒnghù zhe yíge rén

Penjelasan/Definisi: Begitu banyaknya bintang di langit mengelilingi bulan. Digunakan untuk mengumpamakan banyak orang bersamaan mendukung satu orang.

凱蒂 是 一個 模特兒[5]。她 長 得 漂 亮,身材 又 好,還
Kǎidì shì yíge mótèēr tā zhǎngde piàoliàng shēncái yòu hǎo hái

有 一頭 烏黑 的 長髮,許多 名牌[6] 的 服裝[7] 公司 都 找 她
yǒu yìtóu wūhēi de chángfǎ xǔduō míngpái de fúzhuāng gōngsī dōu zhǎo tā

拍 廣 告[8]。她 不但 氣質[9] 優雅[10]、聲音 溫柔，還會 講 中
pāi guǎnggào tā búdàn qìzhí yōuyǎ shēngyīn wēnróu hái huì jiǎng zhōng

文、英文 和 日文，因此 一直 有 電視臺[11] 想 找 她 去
wén yīngwén hàn rìwén yīncǐ yìzhí yǒu diànshìtái xiǎng zhǎo tā qù

主持[12] 節目[13]。
zhǔchí jiémù

迷人[14] 的 凱蒂，身 邊 總是 有 一大群 男士[15]，像 眾
mírén de Kǎidì shēnbiān zǒngshì yǒu yídàqún nánshì xiàng zhòng

星 拱 月 一般[16] 的
xīng gǒng yuè yìbān de

圍繞著 她。 正 當
wéiràozhe tā zhèngdāng

大家 好奇 的 猜測[17]，
dàjiā hàoqí de cāicè

到底 是 哪位 有錢
dàodǐ shì nǎwèi yǒuqián

的 大 老闆 或是 帥氣[18]
de dà lǎobǎn huòshì shuàiqì

的 大 明星 可以
de dà míngxīng kěyǐ

追求[19] 到 她 時，她 卻
zhuīqiú dào tā shí tā què

突然 宣布[20] 要 和 認識
túrán xuānbù yào hàn rènshì

多 年 的 高中同學　結婚。記者 問 她 原因，她　笑笑
duōnián de gāozhōngtóngxué　jiéhūn　jìzhě wèn tā yuányīn tā　xiàoxiao

的 說：「因為 只有 他 願意 和 沒有　化 粧[21] 的 我，一起
de shuō　yīnwèi zhǐyǒu tā yuànyì hàn méiyǒu　huàzhuāng de wǒ　yìqǐ

穿　著 短褲 拖鞋 去 吃 滷肉飯。」
chuān zhe duǎnkù tuōxié qù chī lǔròufàn

譯文：yìwén

　　Kai Di adalah seorang model. Dia berparas cantik, tubuhnya pun bagus, dan juga berambut hitam lekat nan panjang, banyak perusahaan pakaian ternama mencari dia untuk mensyuting iklan. Dia tidak hanya elegan bersuara halus, dan juga dapat berbicara bahasa Mandarin, Inggris dan bahasa Jepang, karena itu sejak dulu selalu ada stasiun tv mencarinya untuk membawakan acara.

　　Kai Di yang memukau, di sampingnya selalu ada segerombollan pria, seperti bulan yang dikelilingi oleh bintang-bintang mengelilingi dia. Ketika di saat semuanya menebak dengan penasaran, sebenarnya bos besar di saat atau bintang ternama tampan yang mana dapat mengejar dia, dia malah mengumumkan akan menikah dengan seorang teman SMA yang telah dia kenal sekian lama ini. Wartawan menanyakan alasan dia, dia tersenyum dan berkata: "Karena hanya dia yang bersedia saat saya tidak berdandan, bersama-sama memakai celana pendek dan sandal pergi makan nasi daging kecap."

生詞 shēngcí Kosakata

1.	眾星拱月	zhòng xīng gǒng yuè	Bintang yang mengelilingi bulan
2.	環繞	huánrào	Mengelilingi
3.	圍繞	wéirào	Mengelilingi
4.	擁護	yǒnghù	Mendukung
5.	模特兒	mótèr	Model
6.	名牌	míngpái	Merek ternama, Merek terkenal
7.	服裝	fúzhuāng	Pakaian, Baju
8.	廣告	guǎnggào	Iklan
9.	氣質	qìzhí	Sikap
10.	優雅	yōuyǎ	Elegan
11.	電視臺	diànshìtái	Stasiun televisi
12.	主持	zhǔchí	Membawa acara
13.	節目	jiémù	Acara, Program
14.	迷人	mírén	Memukau, Memikat
15.	男士	nánshì	Pria
16.	一般	yìbān	Biasanya

17.	猜測	cāicè	Menebak
18.	帥氣	shuàiqì	Tampan
19.	追求	zhuīqiú	Mengejar
20.	宣布	xuānbù	Mengumumkan
21.	化粧	huàzhuāng	Dandan, Berdandan

⑤ 【柳暗花明】[1]
liǔ àn huā míng

Bagian dasar kalimat	Arti tambahan	Contoh
Kata benda	+	希望能夠柳暗花明

解釋：jiěshì

柳樹[2] 的 葉子 長 得 很 茂密[3] 形成 了 樹蔭[4]，四周 長 滿
liǔshù de yèzi zhǎngde hěn màomì xíngchéngle shùyìn sìzhōu zhǎngmǎn

了 色彩[5] 鮮豔[6] 美麗 的 花朵。用來 形容 美麗 的 風景，
le sècǎi xiānyàn měilì de huāduǒ yònglái xíngróng měilì de fēngjǐng

或者 比喻 原本 不抱希望的事情 有 了 轉機[7]。
huòzhě bǐyù yuánběn bú bào xīwàng de shìqíng yǒu le zhuǎnjī

Penjelasan/Definisi: Daun pohon liu yang tumbuh dengan sangat lebat membentuk sebuah bayangan pohon, di sekelilingnya tumbuh penuh dengan bunga cantik berwarna-warni. Digunakan untuk menggambarkan pemandangan yang indah, atau mengumpamakan hal yang awalnya tidak ada harapan kemudian ada perubahan.

宋代　的　詩人[8]　陸　游[9]，因爲　沒有　受到　皇帝　的
Sòngdài　de　shīrén　Lù Yóu　yīnwèi　méiyǒu　shòudào　huángdì　de

重用[10]，只好　失望　地[11]　回　到　故鄉[12]。有一天，他　到
zhòngyòng　zhǐhǎo　shīwàng　de　huí　dào　gùxiāng　yǒuyìtiān　tā　dào

郊外[13]　去　散心，無意間[14]　走到　了一個農村[15]，受到　農人們
jiāowài　qù　sànxīn　wúyìjiān　zǒudào　le　yíge　nóngcūn　shòudào　nóngrénmen

熱情的　招待。於是，他　有　感　而　發[16]　的　寫下　了〈遊山西村〉
rèqíng de　zhāodài　yúshì　tā　yǒu gǎn ér fā　de　xiěxià　le　Yóushānxīcūn

這　首　詩。詩　的　最後　兩句　是：「山　重　水　複　疑　無　路，柳
zhè shǒu shī　shī de　zuìhòu liǎngjù shì　shān chóng shuǐ fù yí wú lù　liǔ

暗　花　明　又　一　村。」意思　是　說，前面　有　許多　的　高山
àn huā míng yòu yì cūn　yìsi shì shuō　qiánmiàn yǒu xǔduō de gāoshān

和　河流　阻擋[17]著，看起來　好　像　已經　無路　可　走。沒　想　到
hàn héliú zǔdǎngzhe　kànqǐlái hǎoxiàng yǐjīng wúlù kě zǒu méixiǎngdào

繞過去　之後，在　一大片　濃密[18]　的　柳樹　和　鮮花　後　面，竟然
ràoguòqù zhīhòu　zài yídàpiàn nóngmì de liǔshù hàn xiānhuā hòumiàn jìngrán

有　一個　美麗　的　村　莊。也　因爲　這樣，陸　游　體會到：
yǒu yíge měilì de cūnzhuāng　yě yīnwèi zhèyàng Lù Yóu tǐhuìdào

人　在　遇到　困難　的　時候　不要　灰心[19]，說不定，很　快　事情
rén zài yùdào kùnnán de shíhòu búyào huīxīn　shuō bú dìng　hěn kuài shìqíng

就　有　好　轉　的　機會。他　也　因此　振作　起來，做　了許多　對
jiù yǒu hǎozhuǎn de jīhuì　tā yě yīncǐ zhènzuò qǐlái zuò le xǔduō duì

百姓 有 幫助 的 事情。
bǎixìng yǒu bāngzhù de shìqíng

有 時候，我們 覺得 事情 已經 不 可能 成 功 ，正
yǒu shíhòu wǒmen juéde shìqíng yǐjīng bù kěnéng chénggōng zhèng

準備 要 放棄[20]，沒想到 柳 暗 花 明 ，突然 情勢 有 了
zhǔnbèi yào fàngqì méixiǎngdào liǔ àn huā míng túrán qíngshì yǒu le

改變，事情 順利 的 進行。這 種 意外的 驚喜，感覺 比
gǎibiàn shìqíng shùnlì de jìnxíng zhè zhǒng yìwài de jīngxǐ gǎnjué bǐ

快速 得到 勝利[21]，還要 更 令人 激動[22]。
kuàisù dédào shènglì hái yào gèng lìngrén jīdòng

譯文：yìwén

　　Lu You penyair pada jaman dinasti Song, karena tidak mendapat kedudukan dari kaisar, hanya dapat dengan kecewa pulang kembali ke kampung halaman. Suatu hari, dia pergi ke pinggiran kota untuk melegakan hatinya, dengan tidak disengaja berjalan sampai ke sebuah desa, mendapatkan pelayanan ramah dari para petani. Maka dari itu, dia terinspirasi menuliskan puisi "Berlibur ke gunung desa barat". Dua kalimat terakhir puisi adalah : "Gunung bertumpuk air mengalir mengira tiada jalan, melewati pohon liu dan bunga tampak sebuah desa". Artinya mengatakan, di depan ada begitu banyak gunung tinggi dan sungai menghalangi, terlihat sepertinya sudah tidak ada jalan yang bisa dijalani. Tidak disangka setelah melewatinya, di belakang bantaran semak-semak pohon liu dan bunga-bunga, ternyata ada sebuah desa yang indah. Dan juga karena itu Lu You menyadari : Orang saat menemui kesulitan jangan putus asa, barangkali, akan dengan cepat ada kesempatan sehingga keadaan berubah menjadi lebih baik. Karena itu juga dia mulai bertindak, berbuat banyak untuk membantu rakyat.

Terkadang, kita merasa hal sudah tidak mungkin berhasil, disaat bersiap untuk menyerah, tidak disangka habis gelap terbitlah terang, tiba-tiba keadaan ada perubahan, hal berjalan dengan lancar. Kejutan macam ini tidak diduga, serasa membuat orang lebih bergairah daripada mendapatkan kemenangan dengan cepat.

生詞 shēngcí   Kosakata

1.	柳暗花明	liǔ àn huā míng	Habis gelap terbitlah terang
2.	柳樹	liǔshù	Pohon liu
3.	茂密	màomì	Lebat, Tebal
4.	樹蔭	shùyìn	Bayangan pohon
5.	色彩	sècǎi	Warna
6.	鮮豔	xiānyàn	Warna-warni, Berwarna cerah
7.	轉機	zhuǎnjī	Perubahan
8.	詩人	shīrén	Penyair

9.	陸游	lùyóu	Penyair dari selatan pada jaman dinasti Song
10.	重用	zhòngyòng	Kegunaan, Posisi, Kedudukan
11.	失望地	shīwàngde	Dengan kecewa
12.	故鄉	gùxiāng	Kampung halaman
13.	郊外	jiāowài	Pinggiran kota, Pinggir kota
14.	無意間	wúyìjiān	Dengan tidak disengaja
15.	農村	nóngcūn	Kampung, Desa
16.	有感而發	yǒu gǎn ér fā	Terinspirasi
17.	阻擋	zǔdǎng	Menghalangi, Terhalang
18.	濃密	nóngmì	Tebal, Lebat
19.	灰心	huīxīn	Putus asa, Patah semangat
20.	放棄	fangqì	Menyerah
21.	勝利	shènglì	Kemenangan, Menang
22.	激動	jīdòng	Bergairah, Menggairahkan

⑥ 【水落石出】[1]
shuǐ luò shí chū

Bagian dasar kalimat	Arti tambahan	Contoh
Kata sifat / kata benda	+	事實終於水落石出了。

解釋：jiěshì

溪裡 的 水 變 少 了，水位[2] 降低[3]，底下 的 石頭 就 顯露[4]
xīlǐ de shuǐ biàn shǎo le shuǐwèi jiàngdī dǐxià de shítou jiù xiǎnlù

出來。用來 比喻 事情 的 眞相[5] 被 發現。
chūlái yònglái bǐyù shìqíng de zhēnxiàng bèi fāxiàn

Penjelasan/Definisi: Air di sungai menjadi sedikit, ketinggian air menurun, bebatuan di dasar mulai terlihat. Digunakan untuk mengumpamakan suatu hal telah diketahui kebenarannya.

例文：lìwén

幾年 前，在 美國 的 一個 私人[6] 網站[7] 裡，刊登[8] 了 一則
jǐnián qián zài měiguó de yíge sīrén wǎngzhàn lǐ kāndēng le yìzé

製作[9] 「瓶 中 貓」 的 文章。文章 中 教導[10] 大家，
zhìzuò píng zhōng māo de wénzhāng wénzhāngzhōng jiàodǎo dàjiā

如何 將 幼小 的 貓咪 放入 玻璃瓶[11] 中 飼養[12]。該 網 站 的
rúhé jiāng yòuxiǎo de māomī fàngrù bōlípíng zhōng sìyǎng gāi wǎngzhàn de

站 長[13] 還 宣 稱[14]，自己 發明 了 一 種 使 骨頭[15] 軟化[16] 的
zhànzhǎng hái xuānchēng zìjǐ fāmíng le yìzhǒng shǐ gǔtou ruǎnhuà de

藥物，可以 讓 小 貓 永遠 長不大。整 篇 文 章 的
yàowù kěyǐ ràng xiǎomāo yǒngyuǎn zhǎngbúdà zhěngpiān wénzhāng de

內容 除了 有 詳細 的 文字 介紹 之外，還 附上 小 貓 被
nèiróng chúle yǒu xiángxì de wénzì jièshào zhīwài hái fùshàng xiǎomāo bèi

擠在 玻璃瓶中 的 照 片。這個 消息 透過 網路 快速 的
jǐzài bōlípíngzhōng de zhàopiàn zhèige xiāoxí tòuguò wǎnglù kuàisù de

流傳，很 快 的，新聞 媒體 也 加 以 報導。因爲 這 種
liúchuán hěn kuài de xīnwén méitǐ yě jiā yǐ bàodǎo yīnwèi zhè zhǒng

飼養 貓咪 的 方式 太過 殘忍[17]，引發[18] 了 保育[19] 團體 的
sìyǎng māomī de fāngshì tàiguò cánrěn yǐnfā le bǎoyù tuántǐ de

抗議[20]，美國 的 聯邦 調查局[21]（FBI）也 介入[22] 調查。
kàngyì měiguó de liánbāng diàochájú yě jièrù diàochá

　　經過 一段 時間 的 追查，眞 相 終於 水 落 石 出。
jīngguò yíduàn shíjiān de zhuīchá zhēnxiàng zhōngyú shuǐ luò shí chū

原來 這 是一群 學生 想出來 的 惡作劇[23]，網站 裡
yuánlái zhè shì yìqún xuéshēng xiǎngchūlái de èzuòjù wǎngzhàn lǐ

面 的 內容 都 是 騙人[24] 的，照片 也 是 假 的。即使
miàn de nèiróng dōu shì piànrén de zhàopiàn yě shì jiǎ de jíshǐ

如此，大批 的 網友 還是 不斷 的 抗議，要求 嚴 重 的
rúcǐ dàpī de wǎngyǒu háishì búduàn de kàngyì yāoqiú yánzhòng de

處罰 這 些 學 生。因為拿 小動物 來 開玩 笑，實在是
chǔfá zhè xiē xuéshēng　yīn wèi ná　xiǎodòngwù　lái　kāiwán xiào　shízài shì

太 過分 了。
tài guòfèn le

譯 文：yìwén

　　Berapa tahun lalu, di Amerika di sebuah situs pribadi, mempublikasikan karangan tentang pembuatan "Kucing dalam botol". Di dalam karangan menginstruksikan kepada semua orang cara bagaimana memelihara kucing yang mungil dimasukan ke dalam botol kaca. Admin situs tersebut juga menyatakan, dirinya telah menciptakan satu macam obat pelunak tulang, dapat membuat kucing selamanya tidak akan bertumbuh besar. Isi dari seluruh karangan selain ada rincian pengenalan, dan juga dilampirkan foto kucing yang disumpal dimasukan ke dalam botol kaca. Berita ini tersebar dengan cepat melalui jaringan internet, media berita juga memberitakannya. Karena memelihara kucing dengan cara macam ini sangatlah kejam, mengundang protes dari Organisasi Perlindungan Alam dan Biro Investigasi Federal Amerika juga ikut campur tangan dalam penyelidikan.

　　Setelah melewati beberapa waktu penyelidikan, akhirnya terungkap kebenarannya. Ternyata ini adalah perbuatan jahil yang dipikirkan oleh sekumpulan siswa, isi di dalam situs semuanya hanya bohong belaka, fotonya juga semuanya palsu. Biarpun seperti itu, banyak pengguna internet yang masih terus memprotes, meminta ganjaran berat bagi siswa-

siswa ini. Karena menggunakan binatang kecil untuk bercanda adalah tindakan yang benar-benar keterlaluan.

Kosakata

1.	水落石出	shuǐ luò shí chū	Saat ketinggian air menurun bebatuan akan mulai muncul, Terungkap kebenarannya
2.	水位	shuǐwèi	Ketinggian air
3.	降低	jiàngdī	Menurun
4.	顯露	xiǎnlù	Memperlihatkan, Muncul
5.	眞相	zhēnxiàng	Kebenaran
6.	私人	sīrén	Pribadi
7.	網站	wǎngzhàn	Situs
8.	刊登	kāndēng	Mempublikasikan, Menerbitkan
9.	製作	zhìzuò	Pembuatan, Membuat
10.	教導	jiàodǎo	Instruksi, Ajaran, Arahan
11.	玻璃瓶	bōlípíng	Botol kaca
12.	飼養	sìyǎng	Memelihara
13.	站長	zhànzhǎng	Admin situs

14.	宣稱	xuānchēng	Menyatakan, Mengumumkan
15.	骨頭	gǔtou	Tulang
16.	軟化	ruǎnhuà	Melunakkan
17.	殘忍	cánrěn	Kejam
18.	引發	yǐnfā	Menyebabkan, Mengundang
19.	保育	bǎoyù	Perlindungan alam
20.	抗議	kàngyì	Protes
21.	聯邦調查局	liánbāngdiàochájú	Biro Investigasi Federal
22.	介入	jièrù	Campur tangan
23.	惡作劇	èzuòjù	Perbuatan jahil, Perbuatan nakal
24.	騙人	piànrén	Membohongi orang, Bohong

7 【草木皆兵】[1]
cǎo mù jiē bīng

Bagian dasar kalimat	Arti tambahan	Contoh
Kata sifat	-	所有人都草木皆兵

解釋：jiěshì

看到 被 風 吹動 的 雜草[2] 和 樹木，就 以爲 是 敵人 的
kàndào bèi fēng chuīdòng de zácǎo hàn shùmù jiù yǐwéi shì dírén de

軍隊 來 了。用來 形容 因爲 心裡 產生[3] 懷疑，而 感到
jūnduì lái le yònglái xíngróng yīnwèi xīnlǐ chǎnshēng huáiyí ér gǎndào

恐懼[4] 及 不安。
kǒngjù jí bùān

Penjelasan/Definisi: Melihat rumput liar dan pohon tertiup angin, mengira pasukan tentara musuh telah datang. Digunakan untuk menggambarkan karena timbulnya kecurigaan di dalam hati, menyebabkan perasaan ketakutan dan tidak tenang.

例文：lìwén

西元 三 世紀[5] 中，苻堅[6] 在 中國 的 北方 建立[7] 了
xīyuán sān shìjì zhōng Fú Jiān zài Zhōngguó de běifāng jiànlì le

前秦[8] 王朝[9]。不久之後，他決定帶領[10]八十萬人的
Qiánqín wángcháo bùjiǔ zhīhòu tā juédìng dàilǐng bāshíwàn rén de

軍隊，要去攻打[11]南方的東晉[12]。苻堅原本[13]信心[14]滿滿，
jūnduì yào qù gōngdǎ nánfāng de Dōngjìn Fú Jiān yuánběn xìnxīn mǎnmǎn

覺得一定會獲得勝利。沒想到，東晉的軍隊人雖
juéde yídìng huì huòdé shènglì méixiǎngdào Dōngjìn de jūnduì rén suī

少，卻非常善於[15]作戰，趁著半夜，跑來攻擊苻堅的
shǎo què fēicháng shànyú zuòzhàn chènzhe bànyè pǎolái gōngjí Fú Jiān de

兵營[16]，讓苻堅損失[17]了許多兵馬。為了了解[18]戰況[19]，
bīngyíng ràng Fú Jiān sǔnshī le xǔduō bīngmǎ wèile liǎojiě zhànkuàng

苻堅走上城樓[20]去觀察[21]四周環境。他看到附近
Fú Jiān zǒushàng chénglóu qù guānchá sìzhōu huánjìng tā kàndào fùjìn

山上的芒草[22]及樹木，被風吹得動來動去，就
shānshàng de mángcǎo jí shùmù bèi fēng chuīde dòng lái dòng qù jiù

以為[23]是東晉的士兵在走動。苻堅害怕的告訴
yǐwéi shì Dōngjìn de shìbīng zài zǒudòng Fú Jiān hàipà de gàosù

身旁的人說：「看哪！山上到處都是東晉的
shēnpáng de rén shuō kàn na shānshàng dàochù dōu shì Dōngjìn de

軍隊，看來他們是很強勁[24]的敵人。」後來，苻堅在
jūnduì kànlái tāmen shì hěn qiángjìng de dírén hòulái Fú Jiān zài

淝水[25]這個地方被東晉的軍隊打敗，受了傷逃[26]回
Féishuǐ zhèige dìfāng bèi Dōngjìn de jūnduì dǎbài shòu le shāng táo huí

北方去。
běifāng qù

面對²⁷ 敵人 的 時候，要 有 足夠²⁸ 的 勇氣 和 信心。
miànduì dírén de shíhòu yào yǒu zúgòu de yǒngqì hàn xìnxīn

如果 太過 擔心 害怕，就 會 變得 草 木 皆 兵、人 心
rúguǒ tàiguò dānxīn hàipà jiù huì biànde cǎo mù jiē bīng rén xīn

惶 惶²⁹，還 沒 被 敵人 打敗，就 先 把 自己 嚇死了。
huánghuáng hái méi bèi dírén dǎbài jiù xiān bǎ zìjǐ xiàsǐle

譯文：yìwén

    Di tengah abad ke-3, Fu Jian di bagian utara Tiongkok mendirikan kerajaan sebelum dinasti Qin. Tidak lama kemudian, dia memutuskan untuk memimpin delapan ratus ribu orang pasukan tentara, ingin menyerang kerajaan Dong Jin di bagian selatan, Fu Jian awalnya penuh dengan percaya diri, merasa pasti akan mendapat kemenangan. Tidak disangka, biarpun pasukan tentara kerajaan Dong Jin sedikit, tetapi sangat mahir dalam berperang, selagi tengah malam, mereka datang menyerang barak tentara Fu Jian, membuat Fu Jian kehilangan begitu banyak tentara dan kuda. Untuk memahami kondisi perang, Fu Jian berjalan ke atas menara pintu gerbang untuk meninjau keadaan daerah sekelilingnya. Dia melihat tumbuhan lalang dan pohon di gunung, bergerak kesana kemari tertiup oleh angin, langsung mengira adalah tentara Dong Jin sedang berjalan. Fu Jian dengan ketakutan memberitahu orang disampingnya dan berkata: "Lihat! di gunung dimana-mana ada tentara Dong Jin, sepertinya mereka adalah musuh yang sangat kuat.". Kemudian, Fu Jian dikalahkan oleh tentara Dong Jin di sungai Fei, terluka dan melarikan diri kembali ke bagian utara.

Saat menghadapi lawan, harus mempunyai keberanian dan percaya diri yang cukup. Kalau terlalu cemas dan takut, akan menjadi rumput dan pohon pun terlihat seperti tentara musuh, dengan perasaan hati yang cemas dan gelisah, belum dikalahkan oleh lawan pun sudah mati ketakutan sendiri.

生詞 shēngcí Kosakata

1.	草木皆兵	cǎo mù jiē bīng	Rumput dan pohon terlihat seperti tentara musuh
2.	雜草	zácǎo	Rumput liar
3.	產生	chǎnshēng	Menyebabkan, Menghasilkan
4.	恐懼	kǒngjù	Ketakutan
5.	世紀	shìjì	Abad
6.	苻堅	Fú Jiān	Fu Jian lahir di tahun 337 (saat keluarga masih bermarga Pu (浦)) sampai menjadi Fu Xiong (苻雄) dan nyonya Gou)
7.	建立	jiànlì	Mendirikan
8.	前秦	Qiánqín	Sebelum dinasti Qing (351-394) Tiongkok adalah sebuah negara yang terdiri dari enam belas kerajaan.
9.	王朝	wángcháo	Sebuah dinasti kerajaan

10.	帶領	dàilǐng	Memimpin
11.	攻打	gōngdǎ	Menyerang
12.	東晉	Dōngjìn	Kerajaan Dong Jin
13.	原本	yuánběn	Awalnya
14.	信心	xìnxīn	Percaya diri
15.	善於	shànyú	Mahir (dalam sesuatu)
16.	兵營	bīngyíng	Barak tentara, Perkemahan militer
17.	損失	sǔnshī	Kehilangan, Kerugian
18.	了解	liǎojiě	Memahami
19.	戰況	zhànkuàng	Kondisi perang, Situasi peperangan
20.	城樓	chénglóu	Menara pintu gerbang
21.	觀察	guānchá	Meninjau, Mengamati
22.	芒草	mángcǎo	Lalang Tiongkok
23.	以爲	yǐwéi	Mengira
24.	強勁	qiǎngjìng	Kuat, Tangguh
25.	淝水	Féishuǐ	Sungai Fei di propinsi An Wei
26.	逃	táo	Melarikan diri
27.	面對	miànduì	Menghadapi
28.	足夠	zúgòu	Cukup, Yang cukup
29.	人心惶惶	rén xīn huáng huáng	Cemas, Gelisah

8 【雪上加霜】[1]
xuě shàng jiā shuāng

Bagian dasar kalimat	Arti tambahan	Contoh
Kata sifat	-	更加雪上加霜

解釋： jiěshì

指 農作物[2] 因爲 下雪 而 受到 損害[3] 之後，又 因爲 結霜[4]
zhǐ nóngzuòwù yīnwèi xiàxuě ér shòudào sǔnhài zhīhòu yòu yīnwèi jiéshuāng

而 凍 傷[5]。比喻 連續[6] 遭受[7] 災難[8]，讓 原本 的 傷害[9]
ér dòngshāng bǐyù liánxù zāoshòu zāinàn ràng yuánběn de shānghài

更加 嚴 重。
gèngjiā yánzhòng

Explanation /Definition: Tertuju kepada hasil panen yang rusak oleh karena turun salju, dan juga beku karena pembekuan salju. Mengumpamakan terus menerus tertimpa malapetaka, membuat kerusakan awal menjadi lebih berat.

例文： lìwén

智利[10] 發生 了 芮氏 規模[11] 8.8 級 的 大 地震[12]，許多 的
Zhìlì fāshēng le ruìshì guīmó jí de dà dìzhèn xǔduō de

房屋 倒塌[13]，橋梁[14] 斷裂[15]，造成 數百人 死亡[16]，成
fángwū dǎotā qiáoliáng duànliè zàochéng shùbǎi rén sǐwáng chéng

千 上 萬 的 災民[17] 無家可歸[18]。因為 電力[19] 設備 受到
qiān shàng wàn de zāimín wú jiā kě guī yīnwèi diànlì shèbèi shòudào

嚴重 的 損害，大多數 的 地區 既 沒水 又[20] 沒電，
yánzhòng de sǔnhài dàduōshù de dìqū jì méishuǐ yòu méidiàn

使得 救援[21] 的 工作
shǐde jiùyuán de gōngzuò

更加 困難。就在
gèngjiā kùnnán jiù zài

智利的 民眾[22] 還在
Zhìlì de mínzhòng hái zài

瓦礫[23] 堆中 尋找[24]
wǎlì duīzhōng xúnzhǎo

失蹤[25] 的 親人 時，
shīzōng de qīnrén shí

沿海[26] 地區 竟然 又
yánhǎi dìqū jìngrán yòu

發生 了 海嘯[27]，這
fāshēng le hǎixiào zhè

讓 原本 就 慘重[28]
ràng yuánběn jiù cǎnzhòng

的 災情[29] 更加 雪上
de zāiqíng gèngjiā xuě shàng

加霜。
jiā shuāng

海嘯 來臨 時，一間 位 在 海岸[30] 邊
hǎixiào láilín shí yìjiān wèi zài hǎiàn biān

的 監獄[31] 眼看著 就 要 被 大浪[32] 所 淹沒[33]。擔任[34] 監獄
de jiānyù yǎnkànzhe jiù yào bèi dàlàng suǒ yānmò dānrèn jiānyù

主管 的 佛里茲（Enrique Fritz）做 了 一個 大膽[35] 的 決定，
zhǔguǎn de Fólǐzī zuò le yíge dàdǎn de juédìng

他 釋放[36] 了 103 個 囚犯[37]。佛里茲 說：「我 不 忍心[38] 把 他們
tā shìfàng le ge qiúfàn Fólǐzī shuō wǒ bù rěnxīn bǎ tāmen

關在 牢房裡 等 死。」幸好 在 海嘯 退去 之後，大部分 的
guānzài láofánglǐ děng sǐ xìnghǎo zài hǎixiào tuìqù zhīhòu dàbùfèn de

囚犯 都 回到 了 監獄，其中[39] 還有 半數[40] 的 囚犯 是 自己
qiúfàn dōu huídào le jiānyù qízhōng háiyǒu bànshù de qiúfàn shì zìjǐ

主動[41] 回來 的。
zhǔdòng huílái de

譯文：yìwén

　　Negara Cili terjadi gempa bumi sebesar 8.8 skala Richter, banyak rumah yang roboh, jembatan putus, mengakibatkan kematian ratusan orang, berpuluh ribuan korban kehilangan tempat tinggal mereka. Dikarenakan alat-alat tenaga listrik rusak berat, banyak wilayah tidak ada air dan juga tidak ada listrik, membuat pekerjaan tim penyelamat

pun bertambah sulit. Di saat rakyat Cili masih mencari sanak saudara mereka yang hilang di timbunan reruntuhan, di daerah pesisir pantai tidak disangka terjadi tsunami juga, ini membuat yang awalnya kondisi bencana yang sudah berat bertambah parah.

Saat tsunami datang, sebuah penjara di pesisir pantai terlihat seperti akan ditenggelamkan oleh ombak besar. Enrique Fritz yang menjabat sebagai kepala penjara membuat satu keputusan yang berani, dia membebaskan seratus tiga narapidana, Fritz mengatakan: "Saya tidak tega mengunci mereka di dalam kamar penjara menunggu ajal.". Untungnya, setelah tsunami surut, sebagian besar dari narapidana kembali ke penjara diantara setengahnya mereka kembali dengan sendirinya.

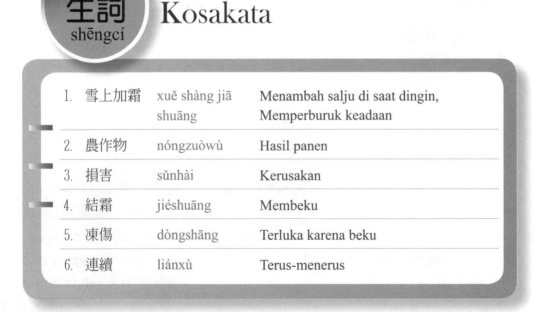

生詞 shēngcí Kosakata

1.	雪上加霜	xuě shàng jiā shuāng	Menambah salju di saat dingin, Memperburuk keadaan
2.	農作物	nóngzuòwù	Hasil panen
3.	損害	sǔnhài	Kerusakan
4.	結霜	jiéshuāng	Membeku
5.	凍傷	dòngshāng	Terluka karena beku
6.	連續	liánxù	Terus-menerus

7.	遭受	zāoshòu	Terkena, Tertimpa
8.	災難	zāinàn	Malapetaka, Bencana
9.	傷害	shānghài	Kerusakan, Kerugian
10.	智利	Zhìlì	Negara Cili
11.	芮氏規模	ruìshì guīmó	Skala Richter
12.	地震	dìzhèn	Gempa bumi
13.	倒塌	dǎotā	Roboh, Runtuh
14.	橋梁	qiáoliáng	Tiang Jembatan
15.	斷裂	duànliè	Putus
16.	死亡	sǐwáng	Kematian, Ajal
17.	災民	zāimín	Korban musibah
18.	無家可歸	wú jiā kě guī	Kehilangan tempat tinggal
19.	電力	diànlì	Tenaga listrik
20.	既…又…	jì... yòu...	... dan juga ...
21.	救援	jiùyuán	Tim penyelamat
22.	民眾	mínzhòng	Rakyat
23.	瓦礫	wǎlì	Reruntuhan, Puing
24.	尋找	xúnzhǎo	Mencari
25.	失蹤	shīzōng	Hilang
26.	沿海	yánhǎi	Pesisir laut, Pantai

27.	海嘯	hǎixiào	Tsunami (gelombang dahsyat yang disebabkan gempa dari bawah laut)
28.	慘重	cǎnzhòng	Berat, Mengerikan
29.	災情	zāiqíng	Kondisi malapetaka, Kondisi bencana
30.	海岸	hǎiàn	Pesisir pantai
31.	監獄	jiānyù	Penjara
32.	浪	làng	Ombak
33.	淹沒	yānmò	Tenggelam
34.	擔任	dānrèn	Menjabat
35.	大膽	dàdǎn	Berani
36.	釋放	shìfàng	Melepaskan
37.	囚犯	qiúfàn	Narapidana, Tawanan
38.	忍心	rěnxīn	Tega
39.	其中	qízhōng	Diantara
40.	半數	bànshù	Setengahnya
41.	主動	zhǔdòng	Dengan sendirinya

⑨ 【錦上添花】[1]
jǐn shàng tiān huā

Bagian dasar kalimat	Arti tambahan	Contoh
Kata sifat	+	真是錦上添花

解釋：jiěshì

在 已經 很 美麗 的 絲綢[2] 上 再 繡[3] 上 花朵[4]，比喻 使 原本
zài yǐjīng hěn měilì de sīchóu shàng zài xiù shàng huāduǒ bǐyù shǐ yuánběn

就 美好 的 事物 變得 更加 美好。
jiù měihǎo de shìwù biànde gèngjiā měihǎo

Penjelasan/Definisi: Menyulamkan bunga lagi di atas sutera yang sudah
sangat cantik, mengumpamakan barang yang awalnya sudah cantik
menjadi tambah cantik.

例文：lìwén

只要 多 看書，並且 常 常 動筆[5] 練習，要 寫出 通順[6]
zhǐyào duō kànshū bìngqiě chángcháng dòngbǐ liànxí yào xiěchū tōngshùn

的 文章 並 不難。如果 想 讓 自己 寫作 的 能力 更加
de wénzhāng bìng bùnán rúguǒ xiǎng ràng zìjǐ xiězuò de nénglì gèngjiā

進步，可以 學習 一些 技巧 來 增進[7] 文 章 的 文采[8]。最
jìnbù kěyǐ xuéxí yìxiē jìqiǎo lái zēngjìn wénzhāng de wéncǎi zuì

簡單 的方法[9] 就是 多 認識 成語。
jiǎndān de fāngfǎ jiùshì duō rènshì chéngyǔ

一篇好的 文 章，若是 能 適當 的 使用 成 語，就
yìpiān hǎo de wénzhāng ruòshì néng shìdàng de shǐyòng chéngyǔ jiù

會有錦 上 添花的效果。因爲 成語 本身 就是 一種
huì yǒu jǐn shàng tiān huā de xiàoguǒ yīnwèi chéngyǔ běnshēn jiùshì yìzhǒng

譬喻[10]， 能 生動 的把 想要 說明[11] 的 狀 況 [12]
pìyù néng shēngdòng de bǎ xiǎngyào shuōmíng de zhuàngkuàng

描寫 出來，使 文 章 讀[13]起來 更 有 趣[14]。除此之外[15]，
miáoxiě chūlái shǐ wénzhāng dú qǐlái gèng yǒu qù chú cǐ zhī wài

成 語 可以 把 複雜[16] 的 意思[17] 用 簡 短 的 字句 表達[18]
chéngyǔ kěyǐ bǎ fùzá de yìsi yòng jiǎnduǎn de zìjù biǎodá

出來，省去[19] 許多 麻煩 的 解釋， 文 章 的 敘述 便 會 更
chūlái shěngqù xǔduō máfán de jiěshì wénzhāng de xùshù biàn huì gèng

簡潔 有力[20]。所以，學習 成語 對 寫作 文 章 絕對[21]是 有
jiǎnjié yǒulì suǒyǐ xuéxí chéngyǔ duì xiězuò wénzhāng juéduì shì yǒu

加分[22] 的 作用[23]。
jiāfēn de zuòyòng

譯文：yìwén

Dengan hanya banyak membaca buku dan juga sering mulai latihan menulis, mau menulis sebuah karangan dengan lancar tidaklah susah. Kalau ingin meningkatkan kemampuan diri sendiri untuk mengarang, bisa mempelajari beberapa teknik untuk menambah kearifan penulisan artikel sastra. Cara yang paling mudah adalah banyak mengenal peribahasa.

Sebuah artikel yang baik, jika dapat menggunakan peribahasa dengan tepat, maka akan ada efek menambah bunga di atas brokat. Karena peribahasa itu sendiri adalah semacam perumpamaan, dapat dengan secara jelas menjelaskan situasi yang ingin digambarkan, membuat artikel lebih menarik dibacanya. Selain dari itu, peribahasa bisa menggunakan kalimat yang singkat untuk mengutarakan arti yang rumit, menghemat penjelasan yang merepotkan, cerita artikel akan lebih pendek dan tepat. Maka, belajar peribahasa terhadap mengarang ada pengaruh nilai tambah yang mutlak.

生詞 shēngcí Kosakata

1.	錦上添花	jǐn shàng tiān huā	Menambah bunga di atas brokat
2.	絲綢	sīchóu	Sutera
3.	繡	xiù	Menyulam
4.	花朵	huāduǒ	Bunga
5.	動筆	dòngbǐ	Mulai menulis

6.	通順	tōngshùn	Kelancaran (menulis / mengarang)
7.	增進	zēngjìn	Meningkatkan
8.	文采	wéncǎi	Kearifan sastra
9.	方法	fāngfǎ	Cara
10.	譬喻	pìyù	Perumpamaan
11.	說明	shuōmíng	Menjelaskan
12.	狀況	zhuàngkuàng	Situasi, Kondisi
13.	讀	dú	Membaca
14.	有趣	yǒuqù	Menarik
15.	除此之外	chú cǐ zhī wài	Selain dari itu, Dan lagi
16.	複雜	fùzá	Rumit
17.	意思	yìsi	Arti
18.	表達	biǎodá	Mengutarakan, Mengungkapkan
19.	省去	shěngqù	Menghemat
20.	簡潔有力	jiǎnjié yǒulì	Pendek dan tepat
21.	絕對	juéduì	Mutlak, Pasti
22.	加分	jiāfēn	Nilai tambah
23.	作用	zuòyòng	Pengaruh, Kegunaan, Dampak

10 【風平浪靜】[1]

fēng píng làng jìng

Bagian dasar kalimat	Arti tambahan	Contoh
Kata sifat	+	一切都風平浪靜了

解釋：jiěshì

海面[2] 上　沒有 風浪[3]，顯得 很 平靜。也 可 用來　形容
hǎimiàn shàng méiyǒu fēnglàng xiǎnde hěn píngjìng　yě kě yònglái xíngróng

平靜　無事，沒有　衝突[4] 的　狀態[5]。
píngjìng wúshì　méiyǒu chōngtú de　zhuàngtài

Penjelasan/Definisi: Dipermukaan laut tidak ada angin maupun ombak, terlihat sangat tenang. Juga dapat digunakan untuk menggambarkan tenang tidak ada masalah, keadaan tidak ada konflik.

例文：lìwén

　　小　王 在 一家 建設[6] 公司　上　班。最近，總經理　即將
　　Xiǎo Wáng zài yìjiā jiànshè gōngsī shàngbān　zuìjìn zǒngjīnglǐ jíjiāng

要 退休[7] 了，有 好 幾 位　主管　都　想　爭取[8] 升遷[9] 的
yào tuìxiū le　yǒu hǎo jǐ wèi zhǔguǎn dōu xiǎng zhēngqǔ shēngqiān de

機會。公司裡 的 氣氛 開始 變得 很 奇怪， 表 面 上[10]
dìjīhuì gōngsīlǐ de qìfēn kāishǐ biànde hěn qíguài biǎomiàn shàng

看起來 風 平 浪 靜，一 片 祥和[11]，其實 私底 下[12] 競 爭
kànqǐlái fēng píng làng jìng yí piàn xiánghé qíshí sīdǐ xià jìngzhēng

相 當 激烈。
xiāngdāng jīliè

　　小 王 很 怕 自己 得罪[13] 了 任何[14] 一方，總是 小心
Xiǎo Wáng hěn pà zìjǐ dézuì le rènhé yìfāng zǒngshì xiǎoxīn

翼翼[15] 的 不敢 亂[16] 說話。因爲 萬一 得罪 了 未來 的 總經理，
yìyì de bùgǎn luàn shuōhuà yīnwèi wànyī dézuì le wèilái de zǒngjīnglǐ

以後 的 日子 就 難 過 了。幸 好 不久 之後，人事 命 令[17]
yǐhòu de rìzi jiù nánguò le xìnghǎo bùjiǔ zhīhòu rénshì mìnglìng

公布[18] 了。新任[19] 的 總經理 是 從 其他 公司 高薪 挖角[20]
gōngbù le xīnrèn de zǒngjīnglǐ shì cóng qítā gōngsī gāoxīn wājiǎo

過來 的。雖然 大家 都 很 意外，但 總算[21] 是 平息[22] 了 這
guòlái de suīrán dàjiā dōu hěn yìwài dàn zǒngsuàn shì píngxí le zhè

場 風波[23]。
chǎng fēngpō

譯 文：yìwén

　　Xiao Wang bekerja di sebuah perusahaan konstruksi. Akhir-akhir ini, direktur akan pensiun, ada beberapa kepala bagian ingin naik pangkat, memperebutkan kedudukan itu. Suasana di perusahaan berubah menjadi aneh, di permukaan terlihat tenang bagai lautan tiada angin maupun ombak, damai dan rukun, sebenarnya di baliknya persaingan sangatlah ketat.

Xiao Wang sangat takut dirinya melakukan kesalahan kepada pihak manapun, selalu sangat berhati-hati tidak berani berbicara sembarangan. Karena kalau sampai menyinggung direktur yang akan datang, hari esoknya akan susah untuk dilewati. Untungnya tidak lama kemudian, bagian personil telah mengumumkan direktur yang baru, yang menjabat adalah hasil tarikan dari perusahaan lain dengan honor yang lebih tinggi. Biarpun semuanya merasa di luar dari dugaan, tetapi akhirnya kekacauan ini reda.

生詞 shēngcí Kosakata

1.	風平浪靜	fēng píng làng jìng	Angin dan ombak pun tenang, Tiada angin maupun ombak
2.	海面	hǎimiàn	Permukaan laut
3.	風浪	fēnglàng	Angin dan ombak
4.	衝突	chōngtú	Konflik, Bentrokan, Perselisihan
5.	狀態	zhuàngtài	Keadaan, Kondisi, Situasi
6.	建設	jiànshè	Konstruksi, Bangunan
7.	退休	tuìxiū	Pensiun

8.	爭取	zhēngqǔ	Memperebutkan
9.	升遷	shēngqiān	Promosi, Naik pangkat
10.	表面上	biǎomiànshàng	Di permukaan
11.	祥和	xiánghé	Rukun
12.	私底下	sīdǐxià	Di baliknya
13.	得罪	dézuì	Menyinggung
14.	任何	rènhé	Manapun, Apapun, Semua
15.	小心翼翼	xiǎoxīn yìyì	Berhati-hati, Dengan sangat hati-hati
16.	亂	luàn	Sembarang (an), Berantakan
17.	命令	mìnglìng	Perintah
18.	公布	gōngbù	Mengumumkan
19.	新任	xīnrèn	Yang baru menjabat
20.	挖角	wājiǎo	Menarik tenaga kerja dengan cara menawarkan honor yang lebih besar
21.	總算	zǒngsuàn	Akhirnya
22.	平息	píngxí	Tenang, Reda
23.	風波	fēngpō	Kekacauan, Krisis

文化篇

① 【東施效顰】[1]
dōng shī xiào pín

Bagian dasar kalimat	Arti tambahan	Contoh
Kata kerja	-	請別再東施效顰

解釋： jiěshì

長得 醜[2] 的 東施[3] 想 變得 和 西施[4] 一樣 美，於是
zhǎngde chǒu de Dōngshī xiǎng biànde hàn Xīshī yíyàng měi yúshì

模仿[5] 西施 心痛[6] 皺[7] 眉頭[8/9] 的 表情，結果 反而[10] 讓 自己
mófǎng Xīshī xīntòng zhòu méitóu de biǎoqíng jiéguǒ fǎnér ràng zìjǐ

看 起來 更 醜 了。比喻 笨拙[11] 的 模仿 別人，不但 學得
kàn qǐlái gèng chǒu le bǐyù bènzhuó de mófǎng biérén búdàn xuéde

不 像 ，而且 還 顯得[12] 愚蠢[13] 可笑[14]。
bú xiàng érqiě hái xiǎnde yúchǔn kěxiào

Penjelasan/Definisi: Dong Shi yang berparas jelek ingin berubah cantik seperti Xi Shi, maka dari itu meniru ekspresi muka Xi Shi saat sakit hati mengerutkan alisnya, hasilnya malah membuat dirinya terlihat lebih jelek lagi. Mengumpamakan dengan bodoh meniru orang lain, tidak hanya menirunya tidak mirip, dan juga kelihatannya bodoh dan lucu.

阿花 自從 看過 李安[15] 導演[16] 的 電影《色戒》[17] 之後，
Ā Huā zìcóng kànguò Lǐ Ān dǎoyǎn de diànyǐng Sèjiè zhīhòu

就 迷上[18] 了 劇中 人物 復古[19] 的 造型。阿花 買 了 髮油[20]
jiù míshàng le jùzhōng rénwù fùgǔ de zàoxíng Ā Huā mǎi le fǎyóu

和 梳子[21]，要求[22] 她 的
hàn shūzi yāoqiú tā de

男 朋友 阿 祥 ，要
nánpéngyǒu Ā Xiáng yào

像 男主角 一樣 梳[23]
xiàng nánzhǔjué yíyàng shū

西 裝 頭[24] 。 她 自己
xīzhuāngtóu tā zìjǐ

則是 模仿 女主角，
zéshì mófǎng nǚzhǔjué

買了 好 幾件 旗袍[25] 來
mǎile hǎo jǐjiàn qípáo lái

穿 。 可是 阿 花 的
chuān kěshì Ā Huā de

身材[26] 胖胖 的，
shēncái pàngpàng de

勉 強 穿上 緊身[27]
miǎnqiǎng chuānshàng jǐnshēn

旗袍，反而 讓 自己 看起來 更 臃腫[28] 。阿祥 雖然
qípáo fǎnér ràng zìjǐ kànqǐlái gèng yōngzhǒng Ā Xiáng suīrán

覺得 阿花 穿 旗袍 不好看，卻 不 知道 要 如何 開口 跟 她
juéde Ā Huā chuān qípáo bùhǎokàn què bù zhīdào yào rúhé kāikǒu gēn tā

說。化妝[29] 或是 穿著[30] ，都 要 配合 自己 的 條件 來
shuō huàzhuāng huò shì chuānzhuó dōu yào pèihé zìjǐ de tiáojiàn lái

打扮，如果 只是 盲目[31] 的 模仿 別人，結果 就 會 像 東
dǎbàn rúguǒ zhǐshì mángmù de mófǎng biérén jiéguǒ jiù huì xiàng dōng

施 效 顰 一樣，不但 得不到 好 的 效果，還 讓 自己 變得
shī xiào pín yíyàng búdàn débúdào hǎo de xiàoguǒ hái ràng zìjǐ biànde

可笑。
kěxiào

譯文：yìwén

    Sejak dari setelah Ahua melihat pilem "Se Jie" yang disutradarai oleh Li An, langsung terpikat oleh model retro karakter di dalam cerita. Ahua membeli minyak rambut dan sisir, meminta Axiang kekasihnya, ingin seperti pemeran utama pria menyisir rambut bergaya ala barat. Dirinya sendiri meniru pemeran utama wanita, membeli beberapa cheongsam untuk dipakai olehnya. Tetapi bentuk badan Ahua gemuk, memaksa memakai cheongsam ketat malah mebuat dirinya terlihat tambah membengkak. Biarpun Axiang merasa Ahua memakai cheongsam tidak bagus, tetapi tidak tahu bagaimana membuka mulut untuk memberitahunya. Berdandanan maupun pakaian, harus diselaraskan dengan kondisi diri sendiri, kalau hanya dengan buta meniru orang lain, hasilnya akan sama seperti Dong Shi meniru si cantik mengernyit, tidak hanya tidak mendapatkan hasil yang baik, dan masih akan membuat diri sendiri menjadi lucu.

生詞 shēngcí Kosakata

1.	東施效顰	dōng shī xiào pín	Meniru dengan buta yang menyebabkan pengaruh lucu
2.	醜	chǒu	Jelek
3.	東施	Dōngshī	Kebalikan dari Xi Shi
4.	西施	Xīshī	Xi Shi (506-?) adalah salah satu dari yang dikenal sebagai empat wanita cantik di jaman kuno Tiongkok. Dikatakan bahwa dia hidup di jaman semi dan gugur di Zhuji, ibukota dari negara Yue di jaman kuno.
5.	模仿	mófǎng	Meniru
6.	心痛	xīntòng	Sakit hati
7.	皺	zhòu	Kerut, Kerutan
8.	眉頭	méitóu	Alis
9.	皺眉頭	zhòuméitóu	Mengerutkan alis

10.	反而	fǎnér	Malah, Malahan
11.	笨拙	bènzhuó	Bodoh, Canggung, Kikuk
12.	顯得	xiǎnde	Terlihat, Nampak
13.	愚蠢	yúchǔn	Konyol, Bodoh
14.	可笑	kěxiào	Lucu
15.	李安	Lǐ Ān	Ang Lee adalah seorang sutradara pilem Taiwan Amerika. Lee sudah menyutradarai bermacam pilem termasuk Eat Drink Man Woman (1994), Sense and Sensibility (1995), Crouching Tiger,Hidden Dragon (2000), Hulk (2013) dan Brokeback Mountain (2005) yang dia menangkan Perhargaan Akademi untuk Sutradara Terbaik.
16.	導演	dǎoyǎn	Sutradara, Produser
17.	色戒	Sèjiè	"Berhati-hati dengan Birahi" pilem Tiongkok yang menegangkan tentang mata-mata yang disutradarai oleh Ang Lee, yang diangkat dari cerita pendek berjudul sama yang diterbitkan pada tahun 1997 oleh penulis Tiongkok Eileen Chang.
18.	迷上	míshàng	Terpikat, Terpukau
19.	復古	fùgǔ	Gaya retro
20.	髮油	fǎyóu	Minyak rambut

21.	梳子	shūzi	Sisir
22.	要求	yāoqiú	Meminta
23.	梳	shū	Menyisir
24.	西裝頭	xīzhuāngtóu	Gaya rambut ala barat yang pendek
25.	旗袍	qípáo	Cheongsam
26.	身材	shēncái	Bentuk badan
27.	緊身	jǐnshēn	Ketat, Ketat badan
28.	臃腫	yōngzhǒng	Membengkak, Bengkak
29.	化妝	huàzhuāng	Dandan, Dandanan
30.	穿著	chuānzhuó	Memakai (pakaian), Berpakaian
31.	盲目	mángmù	Dengan buta, Buta

② 【班門弄斧】[1]
bān mén nòng fǔ

Bagian dasar kalimat	Arti tambahan	Contoh
Kata kerja	-	你別班門弄斧了

解釋：jiěshì

魯班[2] 是 中國 古代 有名 的 工匠[3]。班門 弄 斧 就是
Lǔ Bān shì Zhōngguó gǔdài yǒumíng de gōngjiàng bān mén nòng fǔ jiùshì

在 魯 班 家 門口 耍弄[4] 斧頭[5]，比喻 不 自 量 力[6]，在
zài Lǔ Bān jiā ménkǒu shuǎnòng fǔtou bǐyù bú zì liàng lì zài

專 家 面前 賣弄 自己 的 技巧。
zhuānjiā miànqián màinòng zìjǐ de jìqiǎo

Penjelasan/Definisi: Lu Ban adalah tukang kayu yang terkenal di jaman kuno Tiongkok. Memamerakan keterampilan menggunakan kapak didepan tukang kayu ahli adalah seperti memainkan kapak di depan rumah Lu ban, mengumpamakan tidak dapat mengukur kemampuan diri sendiri, di depan seorang ahli memamerkan keterampilan diri sendiri.

例文：lìwén

過年 的 時候，大家 都 會 在 門口 貼上 紅色 的
guònián de shíhòu dàjiā dōu huì zài ménkǒu tiēshàng hóngsè de

春聯[7]，上面 寫著 吉祥[8] 或 是 祝福 的 字，祈禱 新 的 一
chūnlián shàngmiàn xiězhe jíxiáng huò shì zhùfú de zì qídǎo xīn de yì

年 能 有 好 的 運氣[9]。小 陳 住 的 社區[10] 今年 舉辦[11] 了
nián néng yǒu hǎo de yùnqì Xiǎo Chén zhù de shèqū jīnnián jǔbàn le

「春聯 DIY」的 活動，邀請 社區的 住戶 一起 動筆 寫
chūnlián de huódòng yāoqǐng shèqū de zhùhù yìqǐ dòngbǐ xiě

春聯。
chūnlián

王 伯伯 是 一位 有名 的 書法[12] 老師，他 熱心 的
Wáng bóbo shì yíwèi yǒumíng de shūfǎ lǎoshī tā rèxīn de

提供[13] 了 毛筆[14] 等 文具[15]，還 在 現場[16] 幫 忙 指導[17] 大
tígōng le máobǐ děng wénjù hái zài xiànchǎng bāngmáng zhǐdǎo dà

家。看見 小 陳 寫 的 春聯，王 伯伯 稱讚[18] 說：「哇！
jiā kànjiàn Xiǎo Chén xiě de chūnlián Wáng bóbo chēngzàn shuō wā

小 陳，你 的 毛筆字 寫得 真好！」小 陳 不好意思 的
Xiǎo Chén nǐ de máobǐzì xiěde zhēnhǎo Xiǎo Chén bùhǎoyìsi de

說：「在 王 伯伯 面前 寫 書法，實在 是 班 門 弄 斧。
shuō zài Wáng bóbo miànqián xiě shūfǎ shízài shì bān mén nòng fǔ

還 請 多多 指教[19]！」兩個 人 開始 聊起 寫 書法 的 經驗，
hái qǐng duō duō zhǐ jiào liǎngge rén kāishǐ liáoqǐ xiě shūfǎ de jīngyàn

直到 活動 結束[20] 還 捨不得[21] 回家。
zhídào huódòng jiéshù hái shěbùde huíjiā

Saat tahun baru imlek, semua orang akan menempelkan tulisan keberuntungan untaian imlek di pintu. Tertuliskan kata-kata keberuntungan atau kata ucapan, berdoa untuk di tahun yang baru akan ada keberuntungan yang baik. Wilayah tempat tinggal Xiao Chen tahun ini mengadakan kegiatan "(Membuat sendiri) DIY tempelan huruf keberuntungan imlek", mengundang penduduk lingkungan bersama-sama mulai menulis tempelan imlek.

Paman Wang adalah seorang guru penulis kaligrafi yang terkenal, dia dengan antusias menyediakan kuas menulis dan alat tulis, dan juga membantu mengarahkan semuanya di lokasi. Melihat tulisan kaligrafi tempelan Xiao Chen, paman Wang memuji berkata: "Wah! Xiao Chen tulisan kaligrafimu sangat bagus!". Xiao Cehn dengan tidak enak hati berkata: "Menulis kaligrafi di depan paman Wang, benar-benar seperti memamerkan keterampilan menggunakan kapak di depan tukang kayu ahli. Masih harus meminta banyak arahan!". Dua orang itu mulai berbincang tentang pengalaman menulis kaligrafi, sampai kegiatan berakhir pun masih tidak rela pulang ke rumah.

生詞 shēngcí Kosakata

1.	班門弄斧	bān mén nòng fǔ	Menggunakan kapak di depan seorang ahli kayu, Memamerkan keterampilan yang sedikit di depan seorang ahli
2.	魯班	Lǔ Bān	Seorang tukang kayu Tiongkok, insinyur, filsuf, penemu, pemikir militer, ahli kenegaraan yang sejaman denga Mo Zi, Dilahirkan di negara Lu, orang suci yang dijadikan pelindung oleh pembangun dan kontraktor Tiongkok.
3.	工匠	gōngjiàng	Tukang kayu, Tukang
4.	耍弄	shuǎnòng	Memainkan, Mempermainkan
5.	斧頭	fǔtou	Kapak, Kapak kayu
6.	不自量力	bú zì liàng lì	Tidak dapat mengukur kemampuan diri sendiri
7.	春聯	chūnlián	Tempelan huruf keberuntungan imlek
8.	吉祥	jíxiáng	Beruntung, Keberuntungan
9.	運氣	yùnqì	Peruntungan, Keberuntungan
10.	社區	shèqū	Lingkungan, Komunitas
11.	舉辦	jǔbàn	Mengadakan

12.	書法	shūfǎ	Kaligrafi
13.	提供	tígōng	Menyediakan
14.	毛筆	máobǐ	Kuas tulis
15.	文具	wénjù	Alat tulis
16.	現場	xiànchǎng	Di lokasi
17.	指導	zhǐdǎo	Arahan, Mengarahkan, Pengarahan
18.	稱讚	chēngzàn	Memuji, Pujian
19.	請多多指教	qǐng duō duō zhǐ jiào	Meminta banyak arahan
20.	結束	jiéshù	Berakhir, Selesai
21.	捨不得	shěbùde	Tidak rela (untuk melakukan sesuatu)

③ 【醉翁之意不在酒】[1]
zuì wēng zhī yì bú zài jiǔ

Bagian dasar kalimat	Arti tambahan	Contoh
Kata benda	+/-	〔某事〕是醉翁之意不在酒

解釋：jiěshì

比喻 眞 正 的 目的 不 在 這裡，而是 有 其他 的 想法。
bǐyù zhēnzhèng de mùdì bú zài zhèlǐ érshì yǒu qítā de xiǎngfǎ

醉 翁[2] 是 宋代[3] 文學家 歐陽 修[4] 的號[5]，他 曾 寫 文 章
zuì wēng shì Sòngdài wénxuéjiā Ōuyáng Xiū de hào tā céng xiě wénzhāng

說：「醉 翁 之 意 不在 酒，在 乎 山 水 之 間 也！」[6]，
shuō zuì wēng zhī yì bú zài jiǔ zài hū shān shuǐ zhī jiān yě

意思 是 醉 翁 的 「醉」[7] 不是 因爲 喝酒，而是 因爲
yìsi shì zuì wēng de zuì búshì yīnwèi hējiǔ érshì yīnwèi

欣賞了 山水[8] 的 美景[9] 而 覺得 陶醉[10] 啊！
xīnshǎngle shānshuǐ de měijǐng ér juéde táozuì a

Penjelasan/Definisi: Mengumpamakan tujuan sebenarnya tidak di situ, tapi ada pemikiran yang lain. Zui Weng adalah tanda nama samaran pengarang Ou Yang Xiu tokoh sastra pada jaman dinasti Song, dia pernah menulis karangan yang berbunyi: "Maksud Zui Weng bukan pada arak, tetapi pada gunung dan sungai", artinya adalah kata "Mabuk" pada Zui Weng bukan karena mabuk minum arak, tetapi karena setelah menikmati

pemandangan alam yang indah.

例文：lìwén

老 王 和 太太去 參觀[11] 車展[12]。現 場 有 許多 造型
Lǎo Wáng hàn tàitai qù cānguān chēzhǎn xiànchǎng yǒu xǔduō zàoxíng

特別[13] 的 跑車[14]，還有 美麗 的 賽車女郎[15] 走秀[16] 表演[17]。
tèbié de pǎochē háiyǒu měilì de sàichēnǚláng zǒuxiù biǎoyǎn

王 太太對 老 王 說：「老公，你 最 喜歡 哪 一臺 車
Wáng tàitai duì Lǎo Wáng shuō lǎogōng nǐ zuì xǐhuān nǎ yìtái chē

呀？」
ya

老 王 隨口[18] 回答[19]：「都 差不多[20] 吧！」
Lǎo Wáng suíkǒu huídá dōu chàbùduō ba

王 太太 用 懷疑 的 眼 神 看著 老 王 說：「嗯！
Wáng tàitai yòng huáiyí de yǎnshén kànzhe Lǎo Wáng shuō ēn

你在 認真 看車嗎？」
nǐ zài rènzhēn kànchē ma

老 王 說：「當然[21]，來 車展 不看車 看什麼？」
Lǎo Wáng shuō dāngrán lái chēzhǎn bú kànchē kànshéme

王 太太 說：「我 看 你 是 醉 翁 之意不在酒吧。
Wáng tàitai shuō wǒ kàn nǐ shì zuì wēng zhī yì bú zài jiǔ ba

別人 來 車展，拍的 都是 車子的 照片，為什麼 你 的 相機
biérén lái chēzhǎn pāi de dōushì chēzi de zhàopiàn wèishéme nǐ de xiàngjī

拍 的 都是 賽車 女郎 的 照片 呢？」
pāi de dōushì sàichē nǚláng de zhàopiàn ne

老 王 裝 出 一臉無辜[22] 的 表情 說：「是呀！這
Lǎo Wáng zhuāngchū yìliǎn wúgū de biǎoqíng shuō shì ya zhè

主辦單位[23] 眞是 糟糕[24]！ 叫 那麼多 女孩子 站在 車子
zhǔbàndānwèi zhēnshì zāogāo jiào nàmeduō nǚháizi zhànzài chēzi

前 面， 擋[25] 到 我 的 鏡頭[26]，害 我 都 拍不到 車子。」
qiánmiàn dǎng dào wǒ de jìngtóu hài wǒ dōu pāibúdào chēzi

譯文：yìwén

　　Lao Wang dan istrinya mengunjungi pameran mobil. Di lokasi ada begitu banyak mobil sport yang bermodel unik, dan juga ada banyak gadis balap di pertunjukan catwalk.

　　Nyonya Wang bekata terhadap Lao Wang: "Suami, kamu paling suka mobil yang mana?"

　　Lao Wang menjawab dengan santainya: "Semuanya hampir sama!"

　　Nyonya Wang dengan mata curiga melihat Lao Wang berkata: "Hmm! Apakah kamu sedang dengan sungguh-sungguh melihat mobil?"

　　Lao Wang berkata: "Pastinya, datang ke pameran mobil kalau tidak melihat mobil apalagi yang dilihat?"

　　Nyonya Wang berkata: "Saya lihat kamu ada udang di balik batu, orang lain datang ke pameran mobil, yang di foto semuanya foto mobil, kenapa isi kameramu semuanya foto gadis balap?"

Lao Wang berpura-pura dengan muka tidak bersalah dan berkata: "Iya nih! Penyelenggara benar-benar sangat payah! Memanggil begitu banyak wanita berdiri di depan mobil, menutupi lensa kameraku, mengakibatkan saya tidak dapat memfoto mobil."

生詞 shēngcí Kosakata

1.	醉翁之意不在酒 zuì wēng zhī yì bú zài ji		Hati peminum bukan di gelas, Ada udang di balik batu
2.	醉翁	zuì wēng	Peminum, Pemabuk
3.	宋代	Sòng dài	Dinasti Song menguasai Tiongkok dari tahun 960 sampai tahun 1279
4.	歐陽修	Ōuyáng Xiū	Ou Yang Xiu (1007-1012) seorang ahli kenegaraan, ahli sejarah, pengarang esei, penyair.
5.	號	hào	Tanda
6.	醉翁之意不在酒，在乎山水之間也 zuì wēng zhī yì bú zài jiǔ, zài hū shān shuǐ zhī jiān yě Pemabuk bukan terpukau oleh arak tetapi oleh pemandangan alam		
7.	醉	zuì	Mabuk

8.	山水	shānshuǐ	(Lukisan) pemandangan alam, Gunung dan air
9.	美景	měijǐng	Pemandangan indah
10.	陶醉	táozuì	Terpukau, Terpikat
11.	參觀	cānguān	Mengunjungi, Melihat-lihat
12.	車展	chēzhǎn	Pameran mobil
13.	特別	tèbié	Unik, Spesial
14.	跑車	pǎochē	Mobil sport
15.	賽車女郎	sàichēnǚláng	Gadis balap
16.	走秀	zǒuxiù	Catwalk
17.	表演	biǎoyǎn	Pertunjukan
18.	隨口	suíkǒu	Dengan begitu saja, Dengan santainya
19.	回答	huídá	Menjawab
20.	差不多	chàbuduō	Hampir sama, Kira-kira sama
21.	當然	dāngrán	Pasti, Pastinya
22.	無辜	wúgū	Tidak bersalah
23.	主辦單位	zhǔbàndānwèi	Organisasi penyelenggara, Sponsor
24.	糟糕	zāogāo	Payah, Sangat parah
25.	擋	dǎng	Menutupi, Menghalang
26.	鏡頭	jìngtóu	Lensa kamera

④【杞人憂天】[1]
qǐ rén yōu tiān

Bagian dasar kalimat	Arti tambahan	Contoh
Kata sifat	+/-	你別杞人憂天了

解釋： jiěshì

比喻 過度[2] 的 擔心，或是 指 沒有 根據 的 煩惱[3]。從前 在
bǐyù guòdù de dānxīn huòshì zhǐ méiyǒu gēnjù de fánnǎo cóngqián zài

杞國[4] 有 一個 人，因為 害怕 天 會 掉下來，擔心得 吃不下飯
Qǐguó yǒu yíge rén yīnwèi hàipà tiān huì diàoxiàlái dānxīnde chībúxiàfàn

也 睡不著覺。後來 有 人 告訴 他，天 是 由 空氣 組成[5]
yě shuìbùzháojiào hòulái yǒu rén gàosù tā tiān shì yóu kōngqì zǔchéng

的，就算 天 掉下來，被 空氣 打到 也 不會 受 傷。這個
de jiùsuàn tiān diàoxiàlái bèi kōngqì dǎdào yě búhuì shòushāng zhège

杞國人 聽 了 之後，終於 鬆 了 一口氣[6]，不再 害怕。
Qǐguórén tīng le zhīhòu zhōngyú sōng le yìkǒuqì bú zài hàipà

Penjelasan/Definisi: Mengumpamakan kecemasan yang berlebihan, atau tertuju kepada Kekuatiran yang tidak berdasar. Dahulu kala di negara Qi ada seseorang karena takut langit akan runtuh, cemas sampai tidak bisa makan maupun tidur. Setelah itu ada orang memberitahunya, langit itu terdiri dari udara, biarpun jatuh ke bawah tertimpa oleh udara tidak akan terluka. Setelah orang negara Qi ini mendengarnya, akhirnya baru lega, tidak ketakutan lagi.

例文：lìwén

阿 明 的 太太 懷孕[7] 了，他們 夫妻 兩人 非常 高興，
Ā Míng de tàitai huáiyùn le tāmen fūqī liǎngrén fēicháng gāoxìng

一起 到 百貨公司 去 準備 布置 嬰兒[8] 房 的 用品。他們
yìqǐ dào bǎihuògōngsī qù zhǔnbèi bùzhì yīngér fáng de yòngpǐn tāmen

先 買 了 一張 嬰兒床，然後 又 去 買 了 寶寶[9] 的 衣服 和
xiān mǎi le yìzhāng yīngérchuáng ránhòu yòu qù mǎi le bǎobao de yīfú hàn

手套。走著 走著，阿 明 夫婦 來到 了 玩具[10] 部門[11]。
shǒutào zǒuzhe zǒuzhe Ā Míng fūfù láidào le wánjù bùmén

阿 明 ：「哇！現在 的 玩具 做得 真 精緻[12]。你 看，這個
Ā Míng wā xiànzài de wánjù zuòde zhēn jīngzhì nǐ kàn zhèige

積木上 印 了 英 文 字母，可以 邊 玩 邊 學 英文。」
jīmùshàng yìn le yīngwén zìmǔ kěyǐ biān wán biān xué yīngwén

阿 明 的 太太：「小孩子 玩 遊戲 高興 就 好 了，不
Ā Míng de tàitai xiǎoháizi wán yóuxì gāoxìng jiù hǎo le bù

需 要 給 他 壓力 吧？」
xū yào gěi tā yālì ba

阿 明 ：「英文 很 重要，要是 沒有 早早 把 英 文 學
Ā Míng yīngwén hěn zhòngyào yàoshì méiyǒu zǎozao bǎ yīngwén xué

好，將來 怎麼 找得到 工作 呢？」
hǎo jiānglái zěme zhǎodedào gōngzuò ne

阿明 的太太：「寶寶 都 還 沒 出 生，你 就 開始
Ā Míng de tàitai　　bǎobao dōu hái méi chūshēng　nǐ jiù kāishǐ

煩惱他 找不到 工作，會不會 太 杞 人 憂 天 了 啊！」
fánnǎo tā zhǎobúdào gōngzuò　huìbúhuì tài qǐ rén yōu tiān le a

譯文：yìwén

　　Istri Aming telah hamil, sepasang suami istri itu pun sangatlah senang, pergi bersama ke mal untuk membeli peralatan bersiap-siap untuk mendekor kamar bayi. Mereka membeli sebuah ranjang bayi terlebih dahulu, lalu pergi membeli pakaian bayi dan sarung tangan. Berjalan dan berjalan, pasangan suami istri Aming sampai ke bagian mainan.

　　Aming: "Wah! Pembuatan mainan sekarang sangat halus. Kamu lihat, blok kayu ini di atasnya tercetak huruf abjad, bisa sambil main sambil belajar huruf abjad."

　　Istri Aming: "Anak-anak bermain permainan merasa senang juga sudah cukup, tidak perlu memberi mereka tekanan kan?"

　　Aming: "Bahasa Inggris sangatlah penting, jika tidak sedini mungkin mempelajari Inggris dengan baik, di kemudian hari bagaimana dapat mencari perkerjaaan?"

　　Istri Aming: "Bayi pun belum dilahirkan, kamu sudah mulai memusingkan dia tidak dapat mencari pekerjaan, bukankah itu kekuatiran yang terlalu berlebihan?"

生詞 shēngcí　Kosakata

1.	杞人憂天	qǐ rén yōu tiān	Kekuatiran yang berlebihan
2.	過度	guòdù	Berlebihan
3.	煩惱	fánnǎo	Cemas, Kecemasan
4.	杞國	Qǐguó	Negara Qi
5.	組成	zǔchéng	Terdiri dari, Terbuat dari
6.	鬆了一口氣	sōngle yìkǒuqì	Lega
7.	懷孕	huáiyùn	Hamil
8.	嬰兒	yīngér	Bayi
9.	寶寶	bǎobao	Bayi, Kesayangan
10.	玩具	wánjù	Mainan
11.	部門	bùmén	Bagian
12.	精緻	jīngzhì	Halus, Lembut

5 【成人之美】[1]
chéng rén zhī měi

Bagian dasar kalimat	Arti tambahan	Contoh
Kata benda	+	這也是成人之美

解釋： jiěshì

幫助 他人 完成[2] 美好[3] 的 事情，多 用 在 勸人 助人
bāngzhù tārén wánchéng měihǎo de shìqíng duō yòng zài quànrén zhùrén

或 成全 別人。《論語》[4] 裡 有 一句 話 說：「君子[5] 成
huò chéngquán biérén Lúnyǔ lǐ yǒu yíjù huà shuō jūnzǐ chéng

人 之 美。」[6] 意思 是 有 品德[7] 的 君子 會 幫助 他人 做 好
rén zhī měi yìsi shì yǒu pǐndé de jūnzǐ huì bāngzhù tārén zuò hǎo

的 事情。
de shìqíng

Penjelasan/Definisi: Membantu orang lain menyelesaikan hal yang indah, kebanyakan digunakan untuk membujuk orang membantu atau mencapai tujuan orang lain. Di dalam "Kitab Sabda Suci" ada sebuah kalimat berbunyi: "Orang yang berbudi tinggi, melihat indahnya membantu orang lain" artinya adalah orang berakhlak yang mempunyai budi tinggi akan membantu orang lain melakukan satu hal yang baik.

阿 明 夫妻 來到 一間 珠寶[8]店，看 上 了一只 戒指[9]。
Ā Míng fūqī láidào yìjiān zhūbǎodiàn kàn shàng le yìzhǐ jièzhǐ

阿 明 決定 買來 送 給 太太，做爲 結婚 週年 的 禮物。
Ā Míng juédìng mǎi lái sòng gěi tàitai zuòwéi jiéhūn zhōunián de lǐwù

這 時 有 另 一位 客人 表示 也 想 要 買 這只 戒指。
zhè shí yǒu lìng yíwèi kèrén biǎoshì yě xiǎngyào mǎi zhè zhǐ jièzhǐ

阿 明 :「這只 戒指 是 我 先 看到 的，所以 請 你 買
Ā Míng zhè zhǐ jièzhǐ shì wǒ xiān kàndào de suǒyǐ qǐng nǐ mǎi

別只 吧！」
bié zhǐ ba

客人 :「對不起！可是 我 的 母親 非常 喜歡 這只 戒
kèrén duìbùqǐ kěshì wǒ de mǔqīn fēicháng xǐhuān zhè zhǐ jiè

指。先前 她 捨不得 買，來 看了 好 幾次。明天 是 她 的
zhǐ xiānqián tā shěbùdé mǎi lái kànle hǎo jǐcì míngtiān shì tā de

生日，我 想 買下來 送給 她，拜託 你 讓 給 我 好 嗎？」
shēngrì wǒ xiǎng mǎixiàlái sònggěi tā bàituō nǐ ràng gěi wǒ hǎo ma

阿 明 :「可是……」
Ā Míng kěshì

阿 明 的 太太：「老公，你 就 讓 他 買 吧！俗話 說 ：
Ā Míng de tàitai lǎogōng nǐ jiù ràng tā mǎi ba súhuà shuō

『君 子 有 成 人 之 美』，他 也 是 出 自 一片 孝心[10]，想
jūn zǐ yǒu chéng rén zhī měi tā yě shì chū zì yípiàn xiàoxīn xiǎng

要 孝順[11] 他 的 母親 呀！我們 再 看 別 只 就 好 了。」
yào xiàoshùn tā de mǔqīn ya　wǒmen zài kàn bié zhǐ jiù hǎo le

阿 明：「好 吧！就 照 老婆 的 意思 囉！」
Ā Míng　hǎo ba　jiù zhào lǎopó de yìsi luō

客人：「眞 是 太 感謝 你們 了！」
kèrén　zhēn shì tài gǎnxiè nǐmen le

譯 文：yìwén

　　Pasangan suami istri Aming datang ke sebuah toko perhiasan, jatuh hati pada sebuah cincin. Aming memutuskan membelinya untuk diberikan kepada istrinya sebagai hadiah peringatan pernikahan. Pada saat itu ada seorang tamu lain juga menunjukan ingin membeli cincin ini.

　　Aming: "Cincin ini saya yang melihatnya dahulu, jadi tolong kamu membeli cincin yang lain!"

　　Tamu: "Maaf! Tapi ibu saya sangat menyukai cincin ini. Sebelumnya dia tidak rela untuk membelinya, sudah datang berapa kali melihatnya. Besok adalah hari ulang tahunnya, saya ingin membelinya untuk diberikan kepadanya, saya mohon kepada anda boleh tidak biarkan saya membelinya?"

　　Aming: "Tapi…"

　　Istri Aming: "Suami, kamu mengalah saja biarkan dia membelinya!"
Ada pepatah berkata: "Orang yang berbudi tinggi, melihat indahnya

membantu orang lain", dia juga hanya menunjukan kesalehan dirinya, ingin berbakti kepada ibunya kan! Kita lihat cincin yang lain saja."

Aming: "Baik! Ikuti maunya istriku saja!"

Tamu: "Saya benar-benar berterima kasih kepada kalian!"

 Kosakata

1.	成人之美	chéng rén zhī měi	Indahnya membantu orang lain
2.	完成	wánchéng	Menyelesaikan
3.	美好	měihǎo	Indah, Cantik
4.	論語	Lúnyǔ	Kitab Sabda Suci
5.	君子	jūnzǐ	Orang berakhlak, Orang berbudi tinggi
6.	君子成人之美 jūnzǐ chéng rén zhī měi		Orang yang berbudi tinggi melihat indahnya membantu orang lain
7.	品德	pǐndé	Akhlak, Moral, Moralitas
8.	珠寶	zhūbǎo	Perhiasan, Harta karun
9.	戒指	jièzhǐ	Cincin
10.	孝心	xiàoxīn	Kesalehan, Kealiman
11.	孝順	xiàoshùn	Bakti

6 【青梅竹馬】[1]
qīng méi zhú mǎ

Bagian dasar kalimat	Arti tambahan	Contoh
Kata benda	+	我們是青梅竹馬

解釋：jiěshì

出自 唐代 詩人 李白[2] 的〈長干行〉[3] 詩句[4]：「郎 騎 竹馬[5]
chūzì Tángdài shīrén Lǐ Bái de Chánggānxíng shījù láng qí zhúmǎ

來，遶[6] 床 弄 青梅。」[7] 描寫 小男孩 騎著 竹馬 來 找
lái rào chuáng nòng qīngméi miáoxiě xiǎonánhái qízhe zhúmǎ lái zhǎo

小女孩 玩，他們 繞著 水井[8] 旁 的 圍欄[9] 追逐[10] 嬉戲[11]，
xiǎonǚhái wán tāmen ràozhe shuǐjǐng páng de wéilán zhuīzhú xīxì

天真 地 拿青色的 梅子 丟著 玩。後來 人們 就 用 青 梅
tiānzhēn de ná qīngsè de méizi diūzhe wán hòulái rénmen jiù yòng qīng méi

竹 馬 來比喻 從 小 就 認識，一起 長 大 的 同伴。
zhú mǎ lái bǐyù cóng xiǎo jiù rènshì yìqǐ zhǎngdà de tóngbàn

Penjelasan/Definisi: Ada puisi syair "Chang Gang Xing" yang ditulis oleh penyair dinasti Tang Li Bai berkalimat: "Pria menunggang kuda bambu, mengelilingi ranjang untuk mendapatkan prem hijau". Menggambarkan anak laki-laki menunggangi kuda bambu untuk mencari anak perempuan bermain bersama, mereka mengelilingi pagar di samping sumur bermain kejar-kejaran, dengan lugunya memegang prem berwarna hijau bermain lempar-lemparan. Setelah itu orang-orang menggunakan kuda bambu prem hijau untuk mengumpamakan teman yang kenal sejak dari kecil, tumbuh dewasa bersama-sama.

例文：líwén

阿 仁 的 同事 結婚，在 一家 知名 的 海鮮 餐廳 請 吃
Ā Rén de tóngshì jiéhūn　zài yìjiā zhīmíng de hǎixiān cāntīng qǐng chī

喜酒[12]。阿 仁 比較 晚到， 找 到 空位 就趕緊 坐 下去。
xǐjiǔ　　Ā Rén bǐjiào wǎndào　zhǎo dào kòngwèi jiù gǎnjǐn zuò xiàqù

阿 仁：「聽 說 新郎[13] 和 新娘[14] 感情[15] 非常 好。」
Ā Rén　　tīngshuō xīnláng hàn xīnniáng gǎnqíng fēicháng hǎo

客人 甲：「當然 囉！他們 是 鄰居， 從 小 青 梅 竹
kèrén jiǎ　　dāngrán luō　tāmen shì línjū　cóng xiǎo qīng méi zhú

馬一起 長大，感情 當然 好。」
mǎ yìqǐ zhǎngdà　gǎnqíng dāngrán hǎo

阿 仁 疑惑[16] 的 問：「咦？新娘 也是 板橋 人嗎？」
Ā Rén yíhuò　de wèn　　yí　xīnniáng yě shì Bǎnqiáo rén ma

客人 乙 搖頭：「不是，他們 都 住 在 中和。」
kèrén yǐ yáotóu　　búshì　tāmen dōu zhù zài zhōnghé

阿 仁 有 點 緊張 的 東張西望[17]：「怎麼 沒 看見
Ā Rén yǒu diǎn jǐnzhāng de dōngzhāngxīwàng　　zěme méi kànjiàn

新郎 銀行 的 同事 呢？」
xīnláng yínháng de tóngshì ne

客人 丙：「我 記得 新郎 是 在 學校 教書 的。」
kèrén bǐng　　wǒ jìde xīnláng shì zài xuéxiào jiāoshū de

阿仁 聽了 臉色 大變[18]，馬上 跑 到 收禮臺[19] 拿回 紅
Ā Rén tīngle liǎnsè dàbiàn　　mǎshàng pǎo dào shōulǐtái　náhuí hóng

包[20]，頭 也 不 回 的 走 了。原來 他 一時 匆忙[21]，跑錯
bāo　　tóu yě bù huí de zǒu le　　yuánlái tā yìshí cōngmáng　pǎocuò

餐廳 了。
cāntīng le

譯文：yìwén

　　Teman kerja Aren menikah, Mengadakan pesta di sebuah restoran hidangan laut yang terkenal, Aren datang lebih telat, menemukan tempat duduk kosong langsung duduk.

　　Aren: "Dengar-dengar mempelai pria dan mempelai wanita hubungannya sangat baik."

　　Tamu A: "Pastinya lah! Mereka adalah tetangga, kenal sejak dari masa kecil tumbuh dewasa bersama-sama, hubungannya pasti baik."

　　Aren dengan ragu bertanya: "Eh? Apakah mempelai wanita juga orang Ban Qiao?"

　　Tamu B menggelengkan kepala: "Bukan, mereka berdua tinggal di Zhong He."

　　Aren sedikit gelisah melihat kesana kemari: "Kenapa tidak melihat teman kerja bank mempelai pria yah?"

Tamu C: "Seingat saya mempelai pria mengajar di sekolah."

Setelah Aren mendengar wajahnya berubah drastis, langsung lari ke meja penerima hadiah mengambil kembali amplop merah, berjalan dengan tidak menengok ke belakang lagi. Ternyata dia seketika terburu-buru masuk ke dalam restoran yang salah.

生詞 shēngcí Kosakata

1.	青梅竹馬	qīng méi zhú mǎ	Anak laki-laki dan perempuan tumbuh besar bersama, Teman semasa kecil
2.	李白	Lǐ Bái	Li Bai (701-762) termasuk salah satu dari penyair terbaik masa dinasti Tang, yang juga termasuk masa emas perpuisian Tiongkok
3.	長干行	chánggānxíng	Sebuah puisi "Sungai Surat Istri Seorang Saudagar"
4.	詩句	shījù	Syair, Puisi
5.	竹馬	zhúmǎ	Kuda bambu
6.	遶	rào	Mengelilingi, Memutari
7.	郎騎竹馬來，遶床弄青梅 láng qí zhúmǎ lái, rào chuáng nòng qīngméi		Menunggangi tongkat bambu sebagai kuda dengan memegang ranting prem hijau di satu tangan

8.	水井	shuǐjǐng	Sumur
9.	圍欄	wéilán	Pagar
10.	追逐	zhuīzhú	Kejar-kejaran, Saling mengejar
11.	嬉戲	xīxì	Bermain, Bercanda
12.	喜酒	xǐjiǔ	Pesta pernikahan
13.	新郎	xīnláng	Mempelai pria
14.	新娘	xīnniáng	Mempelai wanita
15.	感情	gǎnqíng	Hubungan, Perasaan
16.	疑惑	yíhuò	Ragu, Ragu-ragu, Sangsi
17.	東張西望	dōngzhāngxīwàn	Melihat kesana kemari
18.	臉色大變	liǎnsèdàbiàn	Wajah berubah drastis
19.	收禮臺	shōulǐtái	Meja penerima hadiah
20.	紅包	hóng bāo	Amplop merah
21.	匆忙	cōngmáng	Terburu-buru, Dengan buru-buru

7 【井底之蛙】[1]
jǐng dǐ zhī wā

Bagian dasar kalimat	Arti tambahan	Contoh
Kata benda	-	他像井底之蛙一樣

解釋：jiěshì

《莊子》[2] 一書的〈秋水篇〉[3] 裡提到：「無法和住在
Zhuāngzǐ　　yì shū de　Qiūshuǐ piān　lǐ tídào　　　wúfǎ hàn zhù zài

井裡的青蛙[4] 談論[5] 海洋 之大，是 受到 牠居住 環境 的
jǐnglǐ de qīngwā tánlùn hǎiyáng zhī dà　shì shòudào tā jūzhù huánjìng de

限制[6]；無法 和 夏天 的 昆蟲[7] 談論 冬天 的 冰雪，是
xiànzhì　　wúfǎ hàn xiàtiān de kūnchóng tánlùn dōngtiān de bīngxuě　shì

受到 牠 生 長 時間 的 限制；無法 和 見識 淺薄[8] 的 人
shòudào tā shēngzhǎng shíjiān de xiànzhì　wúfǎ hàn jiànshì qiǎnbó de rén

談論 大 道理[9]，是 受到 他 教育 程度[10] 的 限制。」後來 人
tánlùn dà dàolǐ　shì shòudào tā jiàoyù chéngdù de xiànzhì　hòulái rén

們 就 用 井 底 之 蛙 來 比喻 見識 很少 的 人。
men jiù yòng jǐng dǐ zhī wā lái bǐyù jiànshì hěnshǎo de rén

Penjelasan/Definisi: Di dalam bab "Musim Gugur" karya Zhuang Zi
mendiskusikan tentang "Tidak dapat membahas kebesaran laut kepada
katak yang tinggal di dasar sumur, akan karena keterbatasan yang

diakibatkan oleh lingkungan tempat tinggal yang selama ini dia tinggali. Seperti halnya tidak dapat membahas dinginnya musim salju kepada serangga yang tinggal di musim panas, dikarenakan tumbuh di dalam lingkungan musim yang berbeda. Sama halnya dengan ibarat tidak dapat membahas logika yang mendalam dengan orang yang berpendidikan rendah". Sejak dari itu digunakanlah perumpamaan katak dalam tempurung untuk menggambarkan orang yang berpengetahuan dangkal.

例文：lìwén

日 正 當 中[11]，有 兩隻 老鷹[12] 在 樹上 休息。突然
rì zhèng dāng zhōng　yǒu liǎngzhī lǎoyīng zài shùshàng xiūxí　túrán

一架 噴射機[13] 從 天空 快速 飛過，留下 一道 長 長 的
yíjià pēnshèjī　cóng tiānkōng kuàisù fēiguò　liúxià yídào chángcháng de

白煙。
báiyān

老鷹 A 疑惑 的 問：「那 是 什麼？」
lǎoyīng　yíhuò de wèn　　nà shì shéme

老鷹 B 露出 不屑[14] 的 表情 說：「你 真是 隻 井 底
lǎoyīng　lùchū búxiè de biǎoqíng shuō　nǐ zhēnshì zhī jǐng dǐ

之 蛙，那 玩意兒[15] 叫 做 噴射機。」
zhī wā　nà wányìér jiào zuò pēnshèjī

老鷹 A 還是 很 疑惑 的 問：「噴射『雞』？那 牠
lǎoyīng　hái shì hěn yíhuò de wèn　　pēnshè jī　nà tā

為什麼 飛得 那麼 急 呢？」
wèishéme fēide nàme jí ne

老鷹 B 冷冷 的 回答：「如果 有 一天 你的 尾巴[16] 著
lǎoyīng lěnglěng de huídá rúguǒ yǒu yìtiān nǐ de wěiba zháo

火[17] 了，看 你 急不急！」
huǒ le kàn nǐ jíbùjí

譯文：yìwén

Pada suatu siang hari, ada dua ekor rajawali yang sedang beristirahat di atas pohon. Tiba-tiba sebuah pesawat jet terbang melintas di langit, meninggalkan jejak asap putih yang panjang di udara.

Dengan ragu-ragu rajawali A bertanya: "Apakah itu?"

Rajawali B menjawab dengan paras meremehkan: "Kamu benar-benar katak dalam tempurung, barang itu yang disebut pesawat jet".

Masih dengan ragu-ragu rajawali A bertanya: "[ayam] sembur? kalau begitu kenapa ia terbangnya begitu terburu-buru".

Rajawali B menjawab dengan dingin: "Suatu hari jika ekormu terbakar, saya mau lihat kamu terbang terburu-buru tidak!".

生詞 shēngcí   Kosakata

1.	井底之蛙	jǐng dǐ zhī wā	Katak dalam tempurung, seseorang yang berpengetahuan dangkal.
2.	莊子	Zhuāngzǐ	Zhuang Zi, seorang filsuf Tiongkok yang berpengaruh, hidup di abad ke-4 saat jaman peperangan.
3.	秋水篇	Qiūshuǐ piān	Paragraf Musim Gugur
4.	青蛙	qīngwā	Katak
5.	談論	tánlùn	Diskusi, Bicara tentang
6.	限制	xiànzhì	Limitasi, Keterbatasan
7.	昆蟲	kūnchóng	Serangga
8.	見識淺薄	jiànshì qiǎnbó	Berpengetahuan dangkal
9.	道理	dàolǐ	Akal, Logika, Kaidah
10.	程度	chéngdù	Derajat, Tingkatan
11.	日正當中	rì zhèng dāng zhōng	Siang hari, Tengah hari
12.	老鷹	lǎoyīng	Rajawali, Elang
13.	噴射機	pēnshèjī	Pesawat jet
14.	不屑	búxiè	Meremehkan, Acuh

15.	玩意兒	wányìér	Barang, Mainan
16.	尾巴	wěiba	Ekor
17.	著火	zháohuǒ	Terbakar

8 【破鏡重圓】[1]
pò jìng chóng yuán

Bagian dasar kalimat	Arti tambahan	Contoh
Kata kerja	+/-	希望你們夫妻破鏡重圓

解釋：jiěshì

破 成 兩半 的 鏡子，重新 合 在 一起。用來 形容 夫
pòchéng liǎngbàn de jìngzi chóngxīn hé zài yìqǐ yònglái xíngróng fū

妻 分離[2] 之後 又 團圓[3]，或者 是 感情 破裂[4] 後 重新 和
qī fēnlí zhīhòu yòu tuányuán huòzhě shì gǎnqíng pòliè hòu chóngxīn hé

好。
hǎo

Penjelasan/Definisi: Cermin yang terbelah menjadi dua, dipersatukan kembali. Digunakan untuk menggambarkan reuninya sepasang suami istri setelah perpisahan, atau persatuan kembali setelah suatu hubungan yang retak.

例文：lìwén

樂昌 公主[5] 是 南朝 陳國 的 公主，當 隋朝[6] 大軍
Lèchāng gōngzhǔ shì Náncháo Chénguó de gōngzhǔ dāng Suícháo dàjūn

來 襲[7] 時，她 的 丈夫[8] 徐 德言 擔心 兩 人 在 逃難[9] 時 會
lái xí shí tā de zhàngfū Xú Déyán dānxīn liǎng rén zài táonàn shí huì

失散[10]，就 把 一面 銅鏡[11] 切成 兩 半，做爲 日後 相認[12] 的
shīsàn jiù bǎ yímiàn tóngjìng qiēchéng liǎngbàn zuòwéi rìhòu xiāngrèn de

信物[13]。陳 國 被 滅 之後，徐 德言 流落[14] 到 民間[15]，公 主
xìnwù Chénguó bèi miè zhīhòu Xú Déyán liúluò dào mínjiān gōngzhǔ

則 成 了 隋朝 大臣
zé chéng le Suícháo dàchén

楊 素 的 妻子。
Yáng Sù de qīzi

到 了 元宵節[16] 這
dào le Yuánxiāojié zhè

一天，公 主 派 僕人[17]
yìtiān gōngzhǔ pài púrén

拿著 半 片 銅鏡 到
názhe bànpiàn tóngjìng dào

市集[18] 去 叫賣，果然
shìjí qù jiàomài guǒrán

找到了 徐 德言。 兩
zhǎodàole Xú Déyán liǎng

個 人 雖然 都 還 活
ge rén suīrán dōu hái huó

著，卻 無法 在 一起
zhe què wúfǎ zài yìqǐ

生 活。公 主 傷心[19] 得 整 天 哭泣，吃不下飯。楊 素
shēnghuó　gōngzhǔ shāngxīn de zhěngtiān kūqì　chī bú xià fàn　Yáng Sù

知道 了 這 件 事情 之後，決定 把 公主 還給 徐 德言，
zhīdào le zhè jiàn shìqíng zhīhòu　juédìng bǎ gōngzhǔ háigěi Xú Déyán

讓 他們 團 圓。經過 許多 的 波折[20]，這 對 恩愛[21] 的 夫妻
ràng tāmen tuányuán　jīngguò xǔduō de pōzhé　zhè duì ēnài　de fūqī

終 於 破 鏡 重 圓，過著 幸福[22] 的 日子。他們 堅定[23] 的
zhōngyú pò jìng chóng yuán　guòzhe xìngfú de rìzi　tāmen jiāndìng de

愛情 讓 人 羨慕[24]，而 楊 素 成 人 之 美 的 風度[25]，也 讓
àiqíng ràng rén xiànmù　ér Yáng Sù chéngrén zhī měi de fēngdù　yě ràng

大家 佩服[26]。
dàjiā　pèifú

譯文：yìwén

　　Puteri Le Chang adalah puteri Dinasti Selatan negara Chen, saat kedatangan tentara Dinasti Sui, Xu De Yan suaminya khawatir mereka akan terpisah saat mengungsi, maka dia membelah sebuah cermin tembaga menjadi dua untuk dijadikan sebagai tanda pengenal di kemudian hari. Setelah runtuhnya Negara Chen, Xu De Yan berkelana diantara rakyat, menemukan puteri Le Chang telah menjadi istri Yang Su, menteri Dinasti Sui.

　　Pada hari Capgome, puteri mengutus pelayan mengambil separuh cermin tembaga untuk dijualnya ke pasar, ternyata benar-benar bertemu dengan Xu De Yan. Biarpun keduanya masih hidup, tetapi tidak dapat hidup bersama. Puteri Le Chang sakit hati terus menangis setiap harinya, makanpun tidak. Setelah Yang Su mengetahui hal ini, memutuskan untuk memulangkan puteri kepada Xu De Yan, membiarkan mereka bersatu kembali. Setelah mengarungi rintangan yang berliku, cinta pasangan suami istri ini bersatu kembali, melewati hari yang bahagia. Cinta mereka yang kuat membuat orang iri, dan sikap dewasa Yang Su membuat semua orang kagum.

生詞 shēngcí Kosakata

1.	破鏡重圓	pò jìng chóng yuán	Cermin pecah yang disatukan kembali, Bersatunya kembali pasangan yang terpisah
2.	分離	fēnlí	Berpisah, Terpisah
3.	團圓	tuányuán	Bersatu kembali, Reuni (sebuah anggota keluarga)
4.	破裂	pòliè	Retak, Pecah
5.	公主	gōngzhǔ	Seorang puteri
6.	隋朝	Suícháo	Dinasti Sui
7.	來襲	láixí	Kedatangan, Datangnya

8.	丈夫	zhàngfū	Suami
9.	逃難	táonàn	Mengungsi
10.	失散	shīsàn	Terpisah
11.	銅鏡	tóngjìng	Cermin tembaga
12.	相認	xiāngrèn	Saling mengenal, Pengenal
13.	信物	xìnwù	Tanda
14.	流落	liúluò	Berkelana
15.	民間	mínjiān	Rakyat, Jelata
16.	元宵節	Yuánxiāo jié	Hari Capgome
17.	僕人	púrén	Pelayan, Dayang
18.	市集	shìjí	Pasar, Pasar malam
19.	傷心	shāngxīn	Patah hati, Sedih
20.	波折	pōzhé	Rintangan, Halangan
21.	恩愛	ēnài	Cinta (dalam hubungan suami istri)
22.	幸福	xìngfú	Bahagia
23.	堅定	jiāndìng	Kuat, Kokoh
24.	羨慕	xiànmù	Iri (hati), Cemburu
25.	風度	fēngdù	Sikap, Pembawaan
26.	佩服	pèifú	Kagum, Salut

⑨【唇亡齒寒】[1]
chún wáng chǐ hán

Bagian dasar kalimat	Arti tambahan	Contoh
Kata benda	+	A與B有「唇亡齒寒」的關係

解釋：jiěshì

沒有 了 嘴唇[2]，牙齒 就 會 感到 寒冷。比喻 雙 方 的
méiyǒu le zuǐchún yáchǐ jiù huì gǎndào hánlěng bǐyù shuāngfāng de

關係 非常 密切[3]，就 像 嘴唇 和 牙齒 一樣，互 相 依附[4]、
guānxì fēicháng mìqiè jiù xiàng zuǐchún hàn yáchǐ yíyàng hùxiāng yīfù

彼此[5] 影 響[6]。如果 有 一方 受到 傷害，另 一方 也 會 被
bǐcǐ yǐngxiǎng rúguǒ yǒu yìfāng shòudào shānghài lìng yìfāng yě huì bèi

牽連[7]。
qiānlián

Penjelasan/Definisi: Jika tanpa bibir, gigipun akan merasa dingin.
Mengumpamakan kedekatan hubungan antara kedua belah pihak, sama
seperti bibir dan gigi, saling bergantung, saling berpengaruh. Jika satu
pihak dirugikan atau terluka, maka pihak yang satunya juga akan terkena
dampaknya.

例文：lìwén

春秋 時代，強大 的 晉國[8] 想要 攻打 虢國[9]，但 兩
Chūnqiū shídài　qiángdà de Jìnguó　xiǎngyào gōngdǎ Guóguó　dàn liǎng

國 中間 隔著 虞國[10] 的 土地。晉國 送 了 許多 財寶[11] 給
guó zhōngjiān gézhe Yúguó　de tǔdì　Jìnguó sòng le xǔduō cáibǎo　gěi

虞國 的 國君[12]，希望 虞國 能 同意 讓 晉軍 通過。虞國 的
Yúguó de guójūn　xīwàng Yúguó néng tóngyì ràng jìnjūn tōngguò　Yúguó de

大臣 宮 之奇 知道 了 這 件 事，就 告訴 虞國 的 國君 說：
dàchéng Kōng Zhīqí zhīdào le zhè jiàn shì　jiù gàosù Yúguó de guójūn shuō

「虢國 和 虞國 的 關係，就 像 嘴唇 和 牙齒 一樣 密切。
Guóguó hàn Yúguó de guānxì　jiù xiàng zuǐchún hàn yáchǐ yíyàng mìqiè

如果 沒有 了 嘴唇，牙齒 就 會 感到 寒冷。萬一 虢國
rúguǒ méiyǒu le zuǐchún　yáchǐ jiù huì gǎndào hánlěng　wànyī Guóguó

被滅，恐怕[13] 我們 也 難以 生存[14] 了。」虞國 的 國君 不聽，
bèimiè kǒngpà wǒmen yě nányǐ shēngcún le　　Yúguó de guójūn bùtīng

收 了 財寶 讓 晉軍 通過。果然，晉國 的 軍隊 消滅 了
shōu le cáibǎo ràng jìnjūn tōngguò　guǒrán　Jìnguó de jūnduì xiāomiè le

虢 國 之後，回程[15] 時就 順便 滅掉 了 虞國。
Guóguó zhīhòu　huíchéng shí jiù shùnbiàn mièdiào le Yúguó

從 古 到 今，國 與 國 之間 的 競爭 或 合作，總是
cóng gǔ dào jīn　guó yǔ guó zhījiān de jìngzhēng huò hézuò　zǒngshì

存在著 微妙[16] 的 平衡[17]。唇 亡 齒寒 的 道理 大家 都
cúnzàizhe wéimiào de pínghéng　chún wáng chǐ hán de dàolǐ dàjiā dōu

知道，但是 要 怎麼 拒絕 利益[18] 的 誘惑[19]，就 要 靠 過人 的
zhīdào　dànshì yào zěme jùjué lìyì　de yòuhuò　jiù yào kào guòrén de

智慧[20] 和 勇氣 了。
zhìhuì　hàn yǒngqì le

譯文：yìwén

　　Pada masa Chun Qiu kerajaan Jin yang kuat ingin menyerang kerajaan Guo, tetapi diantara kedua kerajaan itu dipisahkan oleh wilayah kerajaan Yu. Kerajaan Jin memberikan banyak harta benda untuk raja kerjaan Yu, berharap kerajaan Yu memperbolehkan tentara Jin untuk melewati kerajaan mereka. Hal ini diketahui oleh Kong Zhi Qi menteri kerajaan Yu, lalu memberitahu raja kerajaan Yu : "Hubungan antara kerajaan Guo dan kerajaan Yu sangat dekat sama seperti bibir dan gigi. Tanpa bibir, gigipun akan merasa dingin. Jika kerajaan Guo musnah, sangat dikuatirkan kitapun akan sulit untuk bertahan hidup". Raja kerajaan Yu tidak mendengar nasihatnya, setelah menerima harta benda pemberian lalu mengijinkan tentara Jin untuk melewati kerajaan Yu. Ternyata benar perkiraan menteri, setelah tentara kerajaan Jin memusnahkan kerjaan Guo, saat perjalanan pulangnya sekalian memusnahkan kerajaan Yu.

　　Sedari dulu hingga saat ini, pertikaian dan kerjasama antar negara selalu menjunjung keseimbangan yang tidak kasat mata. Logika tanpa bibir gigipun akan merasa dingin semua orangpun tahu, tetapi untuk menolak godaan keuntungan tetap harus mengandalkan kebijaksanaan dan keberanian.

生詞
shēngcí

Kosakata

1.	唇亡齒寒	chún wáng chǐ hán	Tanpa bibir, gigipun akan merasa dingin. Menanggung persamaan nasib. Jika satu dari dua hal yang berhubungan runtuh, yang satunya pun dalam bahaya.
2.	嘴唇	zuǐchún	Bibir
3.	密切	mìqiè	Dekat, Lekat
4.	依附	yīfù	Bergantungan, Bergantung satu dengan yang lainnya
5.	彼此	bǐcǐ	Saling
6.	影響	yǐngxiǎng	Dampak, Pengaruh
7.	牽連	qiānlián	Terkena
8.	晉國	Jìnguó	Kerajaan Jin
9.	虢國	Guóguó	Kerajaan Guo
10.	虞國	Yúguó	Kerajaan Yu
11.	財寶	cáibǎo	Harta benda
12.	國君	guójūn	Raja
13.	恐怕	kǒngpà	Kuatir, Takutnya
14.	生存	shēngcún	Bertahan hidup

15.	回程	huíchéng	Perjalanan pulang
16.	微妙	wéimiào	Tidak kasat mata
17.	平衡	pínghéng	Seimbang, Keseimbangan
18.	利益	lìyì	Keuntungan
19.	誘惑	yòuhuò	Godaan
20.	智慧	zhìhuì	Kebijaksanaan, Pengertian

⑩【三十六計走爲上策】 [1]

sān shí liù jì zǒu wéi shàng cè

Bagian dasar kalimat	Arti tambahan	Contoh
Frase	+/-	最好三十六計走為上策

解釋：jiěshì

中 國 古代 兵法[2] 中 有 三十六種 計謀[3]，其中 第
Zhōngguó gǔdài bīngfǎ zhōng yǒu sānshíliùzhǒng jìmóu qízhōng dì

三十六計 就是「走爲 上 策」[4]，意思指 情況[5] 危險 的
sānshíliù jì jiù shì ˊzǒu wéi shàng cè yìsi zhǐ qíngkuàng wéixiǎn de

時候，趕緊 逃走 才是 最好 的 辦法。
shíhòu gǎnjǐn táozǒu cái shì zuìhǎo de bànfǎ

Penjelasan/Definisi: Seni perang kuno Tiongkok merangkum tiga puluh enam strategi perang, yang ke tiga puluh enam adalah "Mengambil langkah seribu (lari) adalah strategi terbaik". Yang dimaksud disini adalah jika dalam keadaan bahaya, hal yang terbaik adalah menyelamatkan diri."

例 文：liwén

德國 北部 在 日前 發生 了 一件 離奇[6] 的 爆炸 事件[7]。
Déguó běibù zài rìqián fāshēng le yíjiàn líqí de bàozhà shìjiàn

許多人在睡夢中被巨大的爆炸聲驚醒[8]，出門一
xǔduō rén zài shuìmèngzhōng bèi jùdà de bàozhà shēng jīngxǐng chūmén yí

看，發現有間銀行被炸得幾乎全毀，趕緊報警[9]
kàn fāxiàn yǒujiān yínháng bèi zhàde jīhū quán huǐ gǎnjǐn bàojǐng

處理。
chǔlǐ

警方根據現場的狀況推測[10]，歹徒應該是
jǐngfāng gēnjù xiànchǎng de zhuàngkuàng tuīcè dǎitú yīnggāi shì

想用炸藥[11]炸開提款機偷取[12]現金，卻算錯了炸藥的
xiǎng yòng zhàyào zhàkāi tíkuǎnjī tōuqǔ xiànjīn què suàncuò le zhàyào de

劑量[13]，才會造成如此強大的爆炸。即使爆炸的威力[14]
jìliàng cái huì zàochéng rúcǐ qiángdà de bàozhà jíshǐ bàozhà de wēilì

這麼驚人，銀行的提款機竟然一點也沒有受到
zhème jīng rén yínháng de tíkuǎn jī jìngrán yìdiǎn yě méiyǒu shòudào

破壞，依然[15]完好[16]的立在碎石[17]堆中。什麼都沒偷到
pòhuài yīrán wánhǎo de lì zài suìshí duīzhōng shéme dōu méi tōudào

的歹徒們眼見[18]計畫失敗，只好三十六計走為上策，
de dǎitúmen yǎnjiàn jihuà shībài zhǐhǎo sān shí liù jì zǒu wéi shàng cè

在警方到達前逃離[19]現場，匆忙[20]中還留下了
zài jǐngfāng dàodá qián táolí xiànchǎng cōngmángzhōng hái liúxià le

作案[21]用的車輛。目前警方正根據可靠[22]的線索，
zuòàn yòng de chēliàng mùqián jǐngfāng zhèng gēnjù kěkào de xiànsuǒ

追查[23]這群歹徒的行蹤。
zhuīchá zhè qún dǎitú de xíngzōng

譯文：yìwén

Beberapa hari lalu bagian utara Jerman terjadi satu kejadian ledakan yang ganjil, banyak orang yang sedang tidur dibangunkan oleh suara ledakan yang sangat keras, setelah keluar mencari tahu, mengetahui bahwa sebuah bank diledakan hingga hampir rata, segera ditangani setelah dilaporkan kepada polisi.

Menurut perkiraan dari lokasi oleh pihak polisi, penjahat ingin menggunakan bahan peledak untuk meledakan dan mencuri uang kas mesin ATM, tetapi salah menakarkan takaran bahan peledak hingga mengakibatkan ledakan sebesar ini. Meskipun kekuatan ledakan sangat membuat orang terkejut, mesin ATM sama sekali tidak terkena dampak, tetap berdiri utuh di tengah tumpukan runtuhan. Ketika para penjahat melihat rencana mereka gagal, hanya dapat melarikan diri sebelum pihak kepolisan sampai ke lokasi, dalam keadaan terburu-buru mereka meninggalkan mobil operasional yang digunakan untuk kejahatan. Saat ini pihak kepolisian masih mencari petunjuk yang dapat dipercaya untuk melacak keberadaan para penjahat.

Kosakata

1.	三十六計走爲上策 sān shí liù jì zǒu wéi shàng cè		Jika Semuanya Gagal, Mundur Adalah Pilihan Terbaik
2.	兵法	bīngfǎ	Seni perang, Strategi militer dan taktik
3.	計謀	jìmóu	Strategi, Siasat
4.	走爲上策	zǒu wéi shàng cè	Mundur adalah pilihan terbaik
5.	情況	qíngkuàng	Keadaan, Situasi, Kejadian, Kondisi, Kasus
6.	離奇	líqí	Ganjil, Aneh
7.	事件	shìjiàn	Hal, Peristiwa, Kejadian
8.	驚醒	jīngxǐng	Membangunkan
9.	報警	bàojǐng	Melapor polisi
10.	推測	tuīcè	Perkiraan, Dugaan
11.	炸藥	zhàyào	Bahan peledak
12.	偷取	tōuqǔ	Mencuri
13.	劑量	jìliàng	Takaran, Dosis
14.	威力	wēilì	Kekuatan, Tenaga
15.	依然	yīrán	Masih, Tetap, Seperti biasa
16.	完好	wánhǎo	Utuh

17.	碎石	suìshí	Runtuhan, Bebatuan
18.	眼見	yǎnjiàn	Melihat
19.	逃離	táolí	Melarikan diri
20.	匆忙	cōngmáng	Terburu-buru, Tergesa-gesa
21.	作案	zuòàn	Operasional (yang digunakan untuk kejahatan)
22.	可靠	kěkào	Dapat dipercaya, Dapat diandalkan
23.	追查	zhuīchá	Melacak, Menginvestigasi

Note

Note

Note

國家圖書館出版品預行編目資料

華語趣味成語（印尼語版）／楊琇惠編著；
李良珊譯．－－初版．－－臺北市：五南，
2017.11
　　面；　公分
　ISBN 978-957-11-9378-6（平裝）
　1.漢語　2.成語　3.讀本
802.86　　　　　　　　　106015107

1X8J 新住民系列

華語趣味成語（印尼語版）

編 著 者 ― 楊琇惠（317.1）

譯　　　者 ― 李良珊

編輯助理 ― 林惠美、鄒蕙安、Brian Greene

發 行 人 ― 楊榮川

總 經 理 ― 楊士清

副總編輯 ― 黃惠娟

責任編輯 ― 蔡佳伶、簡妙如

封面設計 ― 姚孝慈、謝瑩君

版式設計 ― 董子瑈

插　　畫 ― 俞家燕

出 版 者 ― 五南圖書出版股份有限公司

地　　址：106台北市大安區和平東路二段339號4樓

電　　話：(02)2705-5066　　傳　　真：(02)2706-6100

網　　址：http://www.wunan.com.tw

電子郵件：wunan@wunan.com.tw

劃撥帳號：19628053

戶　　名：五南圖書出版股份有限公司

法律顧問　林勝安律師事務所　林勝安律師

出版日期　2017年11月初版一刷

定　　價　新臺幣300元